短暫時間

有陽光

袁兆昌

自序

　　香港人不大在意陽光來得短或長，只在意天文台報的憂夠憂不夠：黃雨紅雨還是黑雨，一號三號還是八九十號……報喜就不必了，反正好天氣我們都只留在室內工作，報憂則不同，我們大可放假半天，趕快慶祝多出來的假期。

　　誰管你陽光預報不夠準確。打波先嚟落雨，唔通連個天都唔幫我，完全是學生時代才會發的牢騷，少年畢竟太年輕吧，李氏力場發功多深多廣，才是香港人對天文科學最終極的關懷，才是香港人對老闆最和理非非的真切表白：放過我吧，半天也好。抗爭？聽日記得準時返工！不罷工？就是你該死！香港人，慨就慷他人的，自己則求神拜佛星期日。常把別人的抗爭想像為不計成本不理代價，同時華麗地把自己的犬儒抬上神枱，遇上壞天氣才端出來供奉參拜，上facebook寫幾句八號風球感想就呃萬幾兩萬like，仍在風球下戶外工作的人，就別期望這群人來關心你了。

　　這就是香港人。這才是香港人。

　　漫天風雨，滿地花生殼。網路世界誰最正確？答案是：自己。網路有的是災難電影一樣亂飛的汽車與輪船，最不該出現的都會在空中出現，龍門橫飛，搬來搬去，標準不一，崇尚本土、排斥新移民的領袖竟是新移民，舊的外來者仇視新的外來者。你做的是行禮如儀，遊行幾十年爭取不到甚麼，我做的是念力集氣，遊行是爭取市民來支持本土理念。同一回事，我做就功蓋天下，唯我獨尊，你做就無功而還，出賣香港。

　　呂大樂說，關於九七回歸，香港人未準備好。回憶高中時代讀過的一批文化雜誌，再追溯九〇年代連女性雜誌都訪問政界人物，香港人看來並非未準備好，而是準備逃跑、準備扮冇事、準備豎起要罵的稻草人：是他出賣香港，是他爭取不來，是他主張民主回顧，是他早就通敵賣港，一切一切都是他他他和他的錯，自己一點責任也沒有。

　　編選這本書的一兩年間，香港變壞，壞得令人覺得，無論再做甚麼，都已沒救了。討點生活還是可以的，天無絕人之路；比「活著」更崇高的狀態或價值，卻不見得能實踐多少。有人試著實踐，卻會被不打算實踐的人柴台、拆大台，出言侮辱。網上個個軍師，需要的其實是更多的靜養院，治療腦傷。

　　書名是天文台官話，是聽來怪怪的一串中文，是港英時代遺留下來的、尾大不掉的英式中文。說「偶然放晴」不就更準確了嗎？留有餘地而不離事實，一旦預告估算錯誤，陽光普照，「短暫」變得不夠短，陽光變得不那麼稀罕，也不要緊。反正無人在意，像我一樣的不斷在媒體穿梭，要報憂的時候，我們在憂患裡聆聽，當事人跟我們說著一個個故事。他們活在苦難裡，卻在苦難尋得自己的樂趣。他們是別人的花生，他們是別人旁觀的痛苦，他們所展現的，是生而為人的、他們認為是人生最重要的、要守護的一些價值。誰也不容許誰來奪去它！誰來評價也評不出它於他們心裡的最高價值如何。

　　因著日報、周報、月刊和一些網上媒體，我多了幾個探問的途徑。文章成書，多得編輯約稿與安排，供我幾個園地發

表。書名原來叫《問問答問問》，取自「唧唧復唧唧」，往復編織，鏗鏘有聲，為人傳話，替人發言。

我一直想寫富有節奏感的訪問稿。訪問天水圍小販，訪了一小時多，接觸一群人，他們為生活打拼著，很是親切；他們說話很是動聽，平時叫賣貨聲想也悅耳。在整個寫作程，所花的時間不多，二三十分鐘就寫完，試用短句探得音樂感，近乎叫賣時所需的短促與實用。訪問劉福嬌，聽她唱山歌，回憶那段用山歌來抗爭的日子，一段差點沒有被記錄下來的口述史。也有訪問藝術家、作家、導演等，整理資料，都得自學。訪問稿大都是編織出來的，材料由訪問對象提供，沒有神來之筆，只有嘮嘮叨叨。好看的訪問稿，一般都有風格，或是時代設定；我寫的，以至於一些評論，呃like不遂，出版成書，未必尋得讀者，總算寫下來了。稿子沒有甚麼歪論，沒有閃亮修辭，至於思想有沒有偏鋒，見仁見智。書中夾有一篇篇書展訪問稿，若非台灣出版朋友常年騰出空間，容我寄居、寫稿，許多觀察都不會成文，謹此致謝。

就在為書名猶豫時，某電視新聞網站報告天氣，彈出七個字：短暫時間有陽光。港式中文鬧哄扭鬧了這麼多年，不說「偶然放晴」，而說「短暫時間有陽光」這怪句子。我曾抱怨平日常聽這種句子，害人壞了腦袋，今天聽來，卻份外親切：似是對前景沒信心，好趁陽光照過來時，想到就說，想做就做。天氣都這麼壞了，還怕甚麼不成。於是，書名就這麼定下來。只有香港才會產生的港式中文，是英譯中、中再譯廣東話的結果，聽來就是壞天氣：天氣預告天色陰沉，陽光只出於偶然，在預報範圍的陽光，短促而難得。

　　九二八前後，及至一兩個月，香港短暫時間有陽光，民間智慧與美善，都難忘。我們為了保護學生，在公民廣場外留守、奮戰；我們為了抵抗武力，試著包圍毆打學生的壞人，待警察來拘捕他們；我們為了表達訴求，試過了無數方法，卻被武力（而非道理）逐一駁回。維持繁榮穩定的方法，並非只有打壓吧。我在旺角見證美與善。曾是邊青的人，都為了昔日的自己、今天的學生，付出自己可付出的，在旺角奔跑，追趕壞人。我知道這些實地實時、不眠不休的體驗，正在改變著我；至於香港，有改變嗎？不出兩年，香港壞了。

　　採訪，是種學習：向受訪者學習，向編輯學習，向讀者學習。採訪黃修平前，問他是否等下雨才拍那段獨舞戲，他笑說電影裡的雨天必然是灑水的。後來，有一齣電影，為了天然採光，拍二三十分鐘的片段，花了好幾個月。電影每等一刻都是錢，有人樂意等待，有人灑水灌溉，藝術就是比併本錢與運氣。時有資料檢核，若非編輯努力，訪問稿是零；若非讀者不時來郵分享、交流、賜正，鼓勵著我，我也不會耗樹削紙，厚顏結集，名字不一一列出，謹此致謝，以表心意。

　　此書用了裸背裝訂，隱示我的欠缺與不足；有賴社會力量，才得以完整。感謝站在前線的民間攝記提供照片，記錄彼時此地人與事。若有天終可流傳下去，發現曾有這麼的一個香港，短暫時間有陽光，請好好享受：書中的人物，都值得我們好好愛惜、好好閱讀。

　　是為序。

目錄

這些年，台北書展

走訪台北國際書展（2010至2016）

書展以外，在台北

中場休息

邊走邊看邊問

觀看的形式

問問答問問：電影

閱讀之必要

念記

全民抗命

拆一掛十

訪問馬屎埔記憶守護者

新界西菜園村被收地後，粉嶺北馬屎埔收地情況
始受大眾關注。當地正在經歷「收地馬拉松」，
已有八成村民被逼遷。一群藝術家以藝術作為行
動，進駐馬屎埔逾年，當廢屋被地產商清除時，
他們發起拾荒行動，希望可保留前村民的生活器
皿，為村民保留記憶下來；器皿撿得多，辦展覽
的點子也出來了。三位年輕參與者接受訪問，看
看他們如何與村民同塑記憶。

Sarella任職蛋糕女師傅。早前打過幾份工，後來專心搞網上生意，開烹飪班招生授徒，每班十來人：「我有時也忍不住分享在馬屎埔所遇，不少學員都因此走進村裡。」在市區，她是別人的導師；在馬屎埔，她則是村民與藝術家的學員：「他們在那裡開辦陶瓷工作坊，教我們怎樣用馬屎埔的泥土造碗。」她參加的是馬寶寶社區農場舉辦的工作坊，用村土創作生活器皿。

蛋糕與村土

平日搓麵粉做高貴蛋糕，假日則往新界小村挖泥造碗：「土地就係，唔踩落去，根本唔知乜事。」第一堂課，由村民教他們怎樣翻泥：原來鋤頭這麼重、原來泥土這麼硬……諸多原來，原來Sarella久居大廈，歡慣冷氣，根本沒想過田野上原來沒有瓦頂：「那天真的很辛苦」這話說了幾次還沒完，又有了新的話題：「將來在馬屎埔建屋，沒有園景，只有罅景！」如果當地不採用原有用途，不建公屋，屏風樓是可以想像的。這就是田野給她的新思維。

Sarella每周在馬屎埔拍拖，還與男友一起造陶瓷，好不浪漫：「第一次翻泥，翻了幾層，看到超多蚯蚓！」安慰她的不是男友，而是村民；男友與她一般，對蚯蚓所知不多：「這層泥土很軟沒錯，可是再用鋤頭的話，不就要殺害牠們嗎？」這可不是買旗一般的善心。村民

「**土地就係，唔踩落去，根本唔知乜事。**」

說，蚯蚓在這裡習慣被人翻，砍掉的都會長回來，要死才難。她還是不放心，不想傷及無辜，只好蹲下來，徒手捏泥，而一團團活潑的蚯蚓伸張，會在她指縫間纏綿地路過……就這樣，她臼了半個紅A塑膠桶的泥土，在烈日下走幾分鐘路：「我們要到一所廢屋，只有四道牆的工作室。」

馬屎埔有許多廢置了的房子，多得發展商的收地行動，「兇」走了寮屋村民，這裡只剩下不捨得搬走的人，泥土充滿他們的記憶。

保育新秩序

「我們首先要從泥土清除雜質，然後給導師看看……」策展人在馬屎埔搞藝術的厲害之處，在於分工：村民以生活經驗與耕耘知識傳授外來客，藝術家則把藝術帶到農地前，並以自己的專業指導有心人。這種文化新秩序，造就了不同地區的三個文化社群，一下子集中起來。大家同時共享策展人獲得的社會信息、村民被發展商接招的經驗：明明是公屋用地，竟然由發展商收地，還敢公然在未收的地插旗。村民將那些貼有發展商通告的木牌拔走，當然少不了爆粗儀式，問候總要問到底。

策展人之一Sandy說，土地已收了許多年，不少村民早已習慣，開村民大會，也只有幾十數人較主動。起初，村民對外來人入村，沒甚麼感覺：「後來，我們在田邊一座兩層高的房子繪上壁畫，村民才知道我們其實在做甚麼。」器皿展策展人Sandy說，這些行動吸引了村民

的注意，添了些生氣：「大家都知道地可能快沒了，屋快拆了，就不去粉飾自己的房子。」村民看慣了的廢屋竟漂亮起來，話題也多了：從前這裡是怎樣的，節日會怎樣慶祝，鄰家的狗生了幾多胎，打風的日子怎樣過。「村民每次提起田邊故事館，都說它是畫了畫的屋子。」藝術已活在他

安慰她的不是男友而是村民

們的生活裡，並因藝術喚起早已遺忘的記憶。

另一位器皿展的參展者Gillian，是港青創意藝術教育計劃的學員；她在跟一名長者合作，為器皿展添上記憶的容器：「泉叔在馬屎埔耕作二十年，我向他收集了一些陳舊而未壞掉的用具與容器，然後畫畫，代它們說故事。」泉叔已近八旬，從前耕作為養妻活兒；今天兒女都長大了，學有所成，都脫貧了：「泉叔說，舊東西總會被淘汰的，所以他對這些舊物都沒有太大感覺。至於他回來耕田，純粹為興趣。」

因音樂之名

泉叔兒女都不想他再辛苦下去，說要買樓讓他安居，可是泉叔就愛這片小小的大自然，活在充滿草味與泥味的田上才像樣。為興趣而耕作的可愛老者，馬屎埔多的是，「通菜嬸婆」是其中一人。Sandy說，她早就表明，耕田只因手癮起。好些長者，年輕時逃難來港，就在這裡闢地開田，格局都參考故鄉所置，土地是結結實實地

連上記憶的，每寸泥土都有他們所思的鄉。

以畫參展的還有Ken，是個設計師，愛玩音樂。策展人去年曾邀他來「土地呼吸馬屎埔音樂會」唱歌：「我一直都希望在兩種地方演出，一是沙灘，二是草坪。」馬屎埔滿足了他一個願望，在草坪上獻唱。Ken來頭不小，他的音樂吸引過不少名人合作，曾與李燦森以Ketchup之名夾band；他今次在馬屎埔要展出的，是一張繪在木板的畫：「香港沒有日本人那種賞花文化。不過，香港有木棉樹，棉絮飄著，我們大可席地觀賞。」畫作就有卡通

每寸泥土都有他們所思的鄉

人物與小狗坐在馬屎埔賞棉。除了展出畫作之外，他還把村民拾荒所得，在畫前裝置：「馬屎埔有你想像不到的東西在，例如酒瓶。」村民原來田野常見各種不明來歷的天外垃圾，其中以雙蒸米酒的六呎酒瓶為多。酒瓶被發現時，竟還餘下一半：「就保存它吧，儘管只餘一半。」這就是它當下的全部，一如馬屎埔的狀況：餘下的兩成村民，就是全部。

村土不二

「菜園村在鏡頭下，看起來很激烈，其實不然；馬屎埔看來很溫和，其實也很堅毅進取。」策展人Sandy經歷了頗漫長的進村時間，在這些日子裡，漸漸感受到村民與藝術愛好者理解進村行動的意義：用自己家園的泥土造器皿（將來式），尋找盛載記憶的器皿（過去式），

想像欣賞村景的方法（現在式），三種時態也有它對土地的認同感。保育運動最難引起大眾共鳴的，是共同經歷的部份；年代相隔，記憶有別，你說的故事，並不是我的故事，為甚麼我一定要聽你的？今次以藝術進村，同塑記憶，力量有多大，尚未可知。

　政府把馬屎埔一帶劃成公屋用地，卻竟然請發展商收地。假如由政府收地，村民可獲賠償，發展商則不在此限，達到目的即可。因此，只往錢看的、沒有故事的人，大可狠心收地；不純粹往錢看、有故事的人，則可假手於人。這些來自四面八方的藝術愛好者，將來或會為守護各自的記憶而抗爭。在此之前，何不花時間先聽聽他們的故事？

小販在抗爭

訪問天水圍小販

荒謬城市就是這樣落成的：2010年8月，市區發生一宗圍捕七旬婆婆事件，好人徐威因一片好心阻止圍捕者，而被控兩罪並還押半天。就當這是因為該區地段人車繁忙，不得不捉一兩個交差好了，天水圍又如何？天高路闊，小販卻竟然常常被票控阻街！最高紀錄者有四十六張。小社群互惠互利，平均日賺百元，竟要應付每張（最少）四百五十元的傳票！街坊生意一百幾十，難道連生存意識也要來逐一消滅？天水圍明明天大地大，自力更生的老弱小販卻被跨區執法者追捕。四年前，羅氏小販因此跳河逃跑，意外溺斃。曾有候選區議員因此把戶外市集概念，列入政綱所「爭取」的其中一則，可惜悲痛記憶被選舉結果清洗了。區議員成功爭取選票，卻見天光墟追捕者年紀愈來愈年輕，跑得愈來愈快。為甚麼不能讓小販光明正大設墟擺賣？「社區發展陣線」社工正為居民申請「天光墟」用地，希望小販有安全的營生環境。小販只想自力更生。他們的毅力和勇氣，讓「天光墟」的天空特別藍。

理髮界義士

　　靚姐（化名）曾在深圳理髮十餘年，來港嫁人，定居天水圍。入鄉隨俗，即便報讀再培訓課程，取得理髮證書。她沒有到髮廊應徵，並非因為不夠潮，而是因為家庭：丈夫收入不穩，又要照顧八歲孩子和滿屋子家務。政府早前施惠一年的「跨區交通津貼」又已發完了，出外打工的話，就要乘搭沒良心的交通工具，被逼享受極速車程，貴族級車資，倒是其次；孩子在家誰教誰管？誰接送上學送學？

　　每天，她都惦念這些同邨街坊：「我認出那人是同邨的伯伯，才六十歲上下，卻長得像七八十歲的老人了。

「媳婦在家的話，她就出外吃飯。」

這是因為他生病了……同邨的，我就認得。」幾句話就描述了個人物來，接著還有幾人的故事，長短不一。只要你是個有故事的人，理髮費用可免：「有個婆婆，與兒子、媳婦同住。她每月就靠一千蚊生果金做伙食。為甚麼她不在家煮食？她怕媳婦啊！總之，媳婦在家的話，她就出外吃飯。有時，我丈夫會請她吃飯（可別忘記她家庭收入有多穩定）。一千蚊怎麼夠！吃波仔飯都不夠！」為甚麼不遷出自住？原來受公屋單位戶口所限。婆婆怕自己影響兒子住屋，脫離戶籍的話，兒子薪金就超出公屋限制。

　　周日街頭客人多，她卻跑去替區議員做義工，為老人

理髮。別誤會靚姐是理髮界義士,其實她真的不忍收取他和她的錢。每位廿蚊,每天少則兩三人,多則四五人。她在細葉榕樹蔭下,微風吹走客人的掉髮,落到地上,成了塵土的一部份。鏡子在哪?「剪好之後,才遞他們鏡子,就是這樣。」原來鏡子一直在心中,大家都信任靚姐手勢。

廈村有農婦

芳姐失業了。在廈村居住的她,五十多歲,向鄰居借地:「村裡有人租地,有人借地。我問准人家借我。他們較少回來,地也荒了。」她播種耕作,待種子冒芽:「時菜時果有,百花蛇舌、涼茶草有。」農民生活自給自足。收成好,農作物多出來了,便交合作社送到長沙灣寄售:「賣出多少,才給你多少。」扣除甚麼行政費,生意不好,就只有些許收入。不過,合作社把賣餘的農作物都丟掉,塞進填海區。她聽見這個消息後,就覺得自己的努力成果就這麼給人家掉了,心裡十分不安。

她知道「河邊」熱鬧,於是開始擺賣。市面上的有機農作物價錢高,街坊不是有錢人,卻特別重視健康,對食物要求不低:「熟客都喜歡我種的,沒有防腐,沒有激素,純天然的。」她無意間打了廣告,露齒微笑,很滿足的:「這行勝在時間自由。」失業之前,她做服務行業。為甚麼不去租個舖位賣菜?只因自耕者不是一般菜販,他們花了大部份時間在耕作勞動上,每天開檔一

兩小時；亦租不起那些領匯街市。何況街市菜販賣的大多是大陸菜，不是自耕作品。「河邊」總有愛她所種的粉絲徘徊，一日不見，如隔三秋。

芳姐賣菜原因很簡單：「孩子每月學費幾千蚊，我能做多少，賺多少，就養多少。」為了自己的家庭，她每次收成，都騎一兩公里單車，自廈村到「河邊」，先會見到靚姐在村口理髮，再看見毛巾廖太、雜貨Y姐、時裝阿蘭、襪子阿芳……搖搖單車鈴，打了招呼，便如常為肩膀上的小家庭擺檔開工。

> 「時菜時果有，百花蛇舌、涼茶草有。」

強力雜貨

Y姐不願透露自己的稱呼：「已經被捕四十六次了。你訪問我，這趟他們一定會認得我了！」她擔心追捕小販的從業員會按圖索驥，如影隨形。

她是全小隊心理防線最穩固的經驗小販，跨世紀見證街頭小販業血淚史：「法官問我有沒有話要說。我問可不可以不罰款。」法官回答不可以，她就怪責：「又是你問我有甚麼話想說，說完又沒用，結果也是一樣，那你幹嗎又要問！」

這種判罰最少四百五，最多七百。到底老弱們幹甚麼

大生意，要罰這麼多？對的，他們真不應該阻街的，你看，天水圍的路面淺窄，居民全都有財有勢，偏偏愛在街上販賣，玩這個玩意，搞每秒幾百億上落的大生意，追捕者真為市民出了一口氣。

直到Y姐有高人提點，請她把自己的歷史檔案：傳票紀錄，見法官時，鋪滿桌上，這等視覺效果，不多不少，四十六張，剛剛填滿，才激起法官的同情心，免她一次罰款。「你要跟讀者說，39最近常來。5420間中會來，4154少來了。」她在腰袋掏出一張卡紙，上面寫滿數字。小隊同伴芳姐與靚姐好奇圍觀：「嘩！這是甚麼？」多番針對式追捕（Y姐跑得最慢），跨區從業員的陌生感，都讓她產生極大的心理壓力：「你看見39就是葵涌的，5420是上水，4154才是元朗的。」原來是她被捕的另類紀錄：車牌號碼。每次她都記錄下來，觀察從業員所屬區域：「我猜，明天葵涌的會來。」

Y姐有感而發：「我們都是有生命的人，大家都不是自天上掉下來；這門事業是路邊老人的，為甚麼要弄得我們又跳河，又跪地？」提到尚有幾年才出身的孩子，她皺著眉，聽見阿蘭安慰說「阿公會保祐的」，才稍解眉鎖。

「這門的我地
這人得我地
老人弄得又跪
老弄又跪

阿芳百貨

全小隊最年輕的阿芳吩咐我：「記者你替我查查。」她想知道追捕者便衣出勤，能否乘坐公共交通工具。

阿芳丈夫是工地工人，育有一孩子。她想補貼家計，每天都擺檔，賣襪子，年終無休。大年初一，她親眼看見追捕者出勤緝拿熟食小販歸案：「記者你替我查查，年初一捉人到底有沒有問題。」經追捕者半夜努力掃蕩後，天水圍夜半不可販食。居民睡不著，想到街上走走，只能在七仔捱昂貴無味的小吃。

據她觀察，假期通常沒人逛，所以她特別珍惜可賣的時光。只要稍有空餘，她都會揹起一袋袋襪子，在路邊叫賣。六年光陰，她不曾休息，也少生病：「我不是做賊。我不要被人看扁！」能掙多少就多少，家庭就是她的全部。

邊要跳河，是甚麼路

天水圍約有上百檔小販，她覺得只要在其中一個戶外地方，撥出空間，讓她們一起擺賣，才是最理想的：「他們（追捕者）又不用太辛苦，又可以安排我們。」她是和平主義者。其實，他們正要向區議會，以至立法會提出這項建議。「街坊小生意，賣也不賣貴，掙又不多，只是自力更生。」

但願恩仇都隨落實「天光墟」用地而消失。

森哥傳奇

聽得見、看得到，是做小販的先決條件：「右眼幾乎看不見了。有次擺檔，朋友在側也看不見；發現時，還以為是他們（追捕者）。我知道，我是幹不了。」森哥本來是廠長。上世紀七〇年代發跡，喜來登酒店所有仿製古玩都出自他的工藝之手：「父親與長兄都是陶瓷高手。」他十二歲卻離家出走，學徒生涯讓他發揮藝術天分，要接管廠房時，已是百般武藝：「1973年，我得了獎，貿發局許我三年免租。當時，我一個蓋章（確認）就十多萬了。」要離婚時，他倒不在乎這些：「全都給她，我重頭開始，沒有問題。」從工藝巨人到普通平民的故事，擺在眼前，真實得難以杜撰。

剛過六旬，他已有第二春，在大陸娶了太太，有了孩子。他申請公屋，在天水圍定居，申請時，房屋署翻看他的稅務紀錄，質疑他有沒有需要：「沒需要我又怎會申請。若非已與女兒商量好，我甚至不會申請綜援。」他一直認為，自己就算因為視力問題，做不了本行，在社會裏只要願意付出勞力，自力更生就行：「求生是合理的事。」賣毛巾，心靈亦可富足。

走鬼靠五感，倘無其一都難以為繼。現在他沒有走鬼能力，已退出小販界，卻希望能成為小販小隊的領袖，讓大家有更好的生存環境。

社工黃姑娘正為他們申請空地，希望可仿傚外國墟市，讓他們定期擺賣。天光墟是他們的春天。地產商已在這片土地獲得樓市的春天，就請把春天交還天水圍。

遲來的抗爭

旁聽上海街關注小組發佈會

2010年，我住的是戰後唐樓，六層高，沒騎樓。在我牆前閒坐片刻，會看見對岸有更古老的唐樓，牆上長了牆樹，疏落有致，直往陽光處伸展，以身體告訴我們，自然與歷史的共生關係。傍晚看去，會有幾戶人家沒有關上窗子，也沒有拉上窗簾，讓風在室內流動，花髮的、禿頭的，有陌生的頭肩，在四方城外背向我，抽煙、打牌，天上傳來的鳥聲與桌上碰擊的雀聲，竟都可流進我家。

　　這列被市建局「保育」的戰後唐樓，本來是開放空間。不論上述「抽水式」的麻將交際，還是陳永志故意為之的文化空間（唱片小店「下午三點」），都供各人在那本來的半空，坐在堅實的廣州式唐樓裡，做自己喜歡做的事。附近有快富街，專門修理電鑽的、改衣的、鑿字的……快將消失的行業，都可在上海街的縱橫隨處發現。陳永志樓下地舖是建材小店，因應騎樓特色而敞開前後大門，如在上海街前門走進去，可以直接通到康樂街，中間沒有柱子（阿志說，那是1930年左右建成。整座樓宇穩當至今，多得廣州智慧及守規矩的店主。土瓜灣唐樓慘劇，令唐樓地舖商戶都敏感起來，不接受訪問）。建材商店會運用騎樓前的兩柱，擺放宣傳品，又會在柱上寫上字句，讓途人可自遠處看到宣傳語。據觀察，這一帶的建材商店都靠這種唐樓特色展示商品，把行人道視為商店的一部份，豐富了街道形象。

「**我就在騎樓出世的，在這裡長大，你要我搬出去……**」

街坊在想甚麼

　　最近，上海街關注小組，在亞皆老街旁舉辦發佈會，一群義工把幾個月的採訪成果，向街坊展示，並客觀地陳述了市建局的「良好態度」。有住在單數號（即我

住處之此岸）的三兄弟，説他們是從康樂街（被朗豪坊鯨吞的一整條街）遷進來的：「不知誰幹的好事，就在我們未確認要遷往哪裡時，每天早上，門外都有一件大禮——分辨不出是人的，還是狗的（糞便）。」這手段原來相當著名，和應者眾。我們不知道這到底是外判工作，或是另有巧合的老變態所為，只知土生土長的街坊都不願意用這方式離開住處。有位伯伯是上海街「原住民」：「我就在騎樓出世的，在這裡長大，你要我搬出去，我要花許多錢搭車，我最近老了，病痛多了，早起膝蓋便痛起來，要去（附近的）醫生那邊打針，走不了遠路，老了，好慘……你都唔知道。」如果要他搬離上海街，就等同欺負老弱。

「我不是外來的。自從開店的第一天，我就是上海街的人。」阿志提著火水燈説：「小店舊物，好些是街坊送的。」阿志賣唱片、養貓，在（本來的）騎樓放了沙發，供人閒坐：「騎樓是業主封起來的。地板本來是異常惡俗的膠板，我在裝修時發現內有乾坤。原來底下是地磚！曾有學者走過來，替我看看它的來歷，那是只有廣州南部才有的特色地磚！」他一心保留這、保留那，只想留住美好東西。這是保育，不是運動：「我不想遷出。」文化工作者與老弱的願望一致。市建局將會用甚麼（假設）「外判」手段來「保育」呢？誰來保障居民權益？正義，在誰手裡？至少，不在路邊。

唱山歌抗爭

訪問劉福嬌

1989年夏，港英政府要在西貢萬宜水庫西壩，興建船民中心，以收容越南難民，西貢居民遂成立「西貢關注越南船民小組」，並發動連日抗議、靜坐，甚至發動一場有百艘船集合水庫旁的抗議行動。據報，7月31日有近六十名西貢鄉民在中心地盤紮營過夜，「佔領」西壩地盤。狀況持續數天，終在8月8日清晨強行清場，抬走二十多名居民，同時驅趕多名前來支援的市民。8月中旬，市民在立法局外集合、抗議，有一西貢鄉民應邀到「大台」發表意見，她竟唱出山歌來！她即興創作，唱出港英政府的一意孤行，影響鄉民生活，此舉引起媒體關注。當天，她沒有正式被捕，被帶上旅遊巴士後，不久獲釋。誰都沒想到的是，最終獲釋的，還有她的歌唱才華——那次以後，她應邀到香港各區演唱。這個唱山歌的大媽，今天已是婆婆，多在大埔和西貢演出。她的名字叫劉福嬌，八十有五。

遠看劉福嬌，就是個尋常婆婆，走路沒帶拐杖，十分精神。她挽著一個看似買菜用的環保袋，徐徐走來。我們在社區中心外的公園會面，坐在樹蔭下，從環保袋掏出歌詞，一張張印滿手抄字跡的A3紙，幾乎逐支歌逐個字都唸出來，先用客家話讀出，然後談談每支歌的創作背景。劉福嬌聲線洪亮，唸歌詞時卻又溫柔萬般，張開手掌撫著歌詞紙，說著她與丈夫的愛情故事。劉福嬌少女時代居於深圳布吉，為養母耕作。那年才十多歲，有

劉福嬌在中環擺花街出生，九歲時，香港淪陷

個看牛少年（俗稱「看牛仔」）放牧時，望見劉福嬌與朋友在田間工作，隔著火車路唱了支歌。劉福嬌的朋友知道她很會唱，著她唱一支還他……說到這裡，劉福嬌笑得特別甜美，臉上縐紋間擠出的光滑皮膚，藏著一個少女。

「看牛仔」聽到劉福嬌回了支山歌拒絕後，竟然請來媒人提親：「到今時今日我八十五歲咯，我先生九十一歲咯，我就兒孫滿堂咯，我十二個孫喎，三個息啊！」

見字就會唱

「劉婆婆很特別。」筆者訪問客家山歌研究者張國雄博士，談到劉福嬌的身世與山歌特色：「許多唱山歌的人，都只會唱故鄉的歌。熟山歌（研究）的人，聽劉婆

婆唱歌，會覺得奇怪……」劉福嬌在中環擺花街出生，九歲時，香港淪陷，父親把她送到一戶人家。逃難到大陸後，在深圳成長，學習了布吉的山歌；回到香港，她學習了九龍腔的山歌：山歌旋律只一兩條，只屬於那個地方，如是布吉，自有它的唱

> 「山歌唱來意／府真猖狂／成話／半夜三更／我西貢鄉民抬

法。客家人聚居的地方，都有那個地方的唱法。香港的客家山歌，是劉婆婆（自布吉）回香港時學習的。這是許多客家人都做不到的。我試過給她與山歌無關的七個字，請她唱出來，她見字就會唱；請她唱九龍聲，她又會唱。她至少會唱三種聲。這是研究者甚少遇見的。」張國雄十分雀躍，可想像他當初發現劉婆婆時的心情。

劉福嬌會唱會作，常有新歌，用山歌來唱愛情，唱生活。看看環保袋全都是密密麻麻的、對摺的影印紙，分分鐘寫得多過林夕。回顧劉福嬌山歌「成名作」，才知山歌是可以用來抗爭，發表意見，向極權說不。那天，許多人都來發表意見：「香港大學（學生）上來講説話，中文大學（學生）又上來講説話，咁我西貢冇人上去講説話吖嘛，『我臨時作幾句山歌，得唔得呀？』佢話得！個主席喎─鄉事會個主席喎，話得、得！佢就叫我上去唱咯……收尾話電台呢……無綫電（視）台呢，

嗰時我某咁老啫，佢話：『阿嬸！過來唱過畀我錄到聲』，咁就放（映）出來大家睇到吖嘛！嗰時開始唱山歌咯，叫我去嗰度唱、嗰度唱咯。」

她就在樹下唱出來：「山歌唱來意義長／香港政府真猖狂／成日立法會講好話／半夜三更來清場／鎮壓我西貢鄉民抬車上……」唱到這裡，她就想起一個好朋友：「有三個月身紀哦，畀佢地抬跌咗咯。好淒涼。」警察就在抬人上車時，弄傷了她的好朋友，還令她失去了孩子……

山歌與本土

劉福嬌這麼一唱，就唱了十多年，不時在大埔獻唱，有即興，也有個人經典、新近創作。直到張國雄開始研究客家語山歌，2000年在大埔採訪時發現劉婆婆，再找些資料，得知八〇年代，已有前輩留意並蒐集她的歌曲，是學術界的研究對象，就列她為研究範圍內，跟進著。多年都在社區會堂聽山歌的他，這樣形容劉福嬌：「她的學習能力十分驚人，能吸收其他地區的歌曲特色。」而且，她有一般人沒有的領導才華。有次，社區中心來了個圍頭人，上台唱圍頭話歌，台下都唱客家話的，聽後不滿，且與圍頭人起了爭執。那時，劉婆婆挺

身而出，平息了紛爭。他形容，劉婆婆如果得到與我們一樣的教育，今天可能就是個出色的高官了。

談到客家話近年備受關注的狀況，張國雄顯得十分雀躍：「十年來沒太多人理會，近四五年開始多人留意，電視台都有興趣採訪。」問他會否與「本土意識」有關，他並不確定，指坊間提及的、有行動配合的「本土」，與他所理解的不一樣。他提到一個專門研究本地語言的「香港本土語言保育協會」，曾有陣子收過電郵，想尋求合作，可是電郵來回幾次後，對方認為協會的「本土」並不是他們理解的本土，還在網上抨擊他們……不過，這並不影響他研究客家山歌的初衷：「其實許多前輩都有很豐富的經驗與成果了。」他說了幾個名字，包括創辦香港本土語言保育協會的劉鎮發博士。「至於我的研究，就是找來五十至一百人，收錄五十人的山歌，筆錄一百人的訪談。」據張國雄的研究，客家山歌在香港至少已流傳了一百年。

最近，協會有開課程教授客家話，吸引了不會客家話的客家人來報讀，似乎人人都在尋找自己的鄉愿？「問過一些學生，他們其實是因為鄰居有客家人，想與他們溝通，才來學習……」無論如何，似要式微的語言，仍在香港許多地區應用；香港只要有如劉福嬌這種有經歷的歌唱天才，客家山歌這種藝術，還是會流傳下去。

碼頭工人在抗爭

訪問攝影記者張景寧

「至今我還是相信『陳映真』。」聽見資深記者
張景寧這話，我迅速地把話語重溫一次：沒錯，
是陳映真。如他一貫的語速和聲量，這話說得很
快，聲小卻清楚——既自信，又謙厚，言談，
就是他的性格。在訪談中，張景寧說得最多的，
是「工人」、「一代人」與「攝影」：「工運變
數可以好大。」他回憶以前曾採訪過的工運，又
談起維護工人權益與關注工傷問題的友人。那是
八〇年代，台灣文學作家陳映真創辦《人間》雜
誌，提倡報道文學：「這雜誌影響了我們一代
人。」他背出幾句陳映真辦雜誌的宗旨，總結說
「即是信望愛」，至今在新聞界工作三十年，他
仍是這麼堅信著。2013年碼頭工運十分特殊，張
景寧形容為「從未見過」。他安排了多名攝影記
者到場駐守，一天留守十數小時。

　　以往工運多是工業本行與工會聯盟參與，今次有學生、社運人士和不同界別的市民，在短時間籌得數百萬元襄助工運，而且資方對象源頭單一，是在他的採訪生涯中從未有過的工潮，「一下子，以前的『香港』返晒嚟」，他指的是陌生人之間的溫情關顧，每個（以不同形式去）參與的人都能設身處地，感受工人的辛勞，同舟共濟，「這才是核心價值」。

從學徒到攝記

　　一個記者的前半生工運細節早就有人說過：十多年前的工資如何，其間共渡時艱減薪，至今卻未回復當年水平，仍未計通脹和生活水平變化多少。張景寧說，他是工人出身，做過紡織學徒，在葵興的工廠大廈上班，沒有忘記夢想，下班不斷進修，念夜校。後來跑到倫敦完成學業，在唐人街食店廚房工作五年，每周兩三天，剝蝦殼、燒鐵板，指頭有過密密麻麻的傷口，有次心急拿鐵板，想把燒得火熱的鐵板一手握起，拇指冒著白煙。比起碼頭粗活，這些工人生涯並不是最刻苦的。

　　他最想說的還是「攝影」：「當年花了一半工資在攝影上。」他認為攝影應當從「人」出發，拍攝過的作品曾在北京展覽（當年仍未發生八九六四）：「攝影就是說故事。」尤其新聞攝影，「如果做商業攝影，去拍婚紗照仲有餐食，舒舒服服」。新聞攝影是志業，為大家說故事，所以「花的精神更大，花的時間更長」，是辛苦的，但那種滿足感卻是商業攝影比不來的。

《人間》啟示

張景寧深信陳映真那種人文關懷，是《人間》雜誌給他帶來的刺激啟示是紀實攝影對社會記錄的可貴何在。「攝影師和攝影記者有大不同。」他常常跟年輕攝影同事分享看法，例如今次工運：「工人在工運時做甚麼？當然是做他們日常所做的。」抽煙、打牌、「刨馬」；這次還多了一件有意義的事情要做：與年輕的參與者分享工人生活，談談他們受過甚麼傷：「展示一個傷口的照片當然不會有藝術感，不過有故事在。」工人不會開大型記者招待會澄清甚麼報道不實，不會主動打官司；那就是他們日常的生活：用勞力來換取薪酬，活在他們認為值得花時間的娛樂情趣上。

他們的身份是「工人」，本來的身份是「人」：「他們有他們的生活，每人都要尊重。」而今次他們要的尊重，是要從薪酬上直接呈現。從八〇年代工運、紮鐵工潮等至今，工人權益在香港日漸受到關注。許多香港人都有同理心，他們會親身參與，或捐助他們所認同的工人尊嚴守護運動，讀到各大報章報道，從圖到文。

今次實在是多得資方各種舉措，讓我們從新聞攝影分辨虛實：這是新聞攝影的力量。

旺角無影腳

訪問攝影記者鄧宗弘

新聞工作者採訪2013年8月4日「香港行動」所發起的「支持警隊嚴正執法」活動時，被人以暴力對待，引起社會廣泛關注；多張現場照片在網上曝光，引發更多討論。文化觀察者陳日，訪問當日遇襲的《明報》攝影記者鄧宗弘，看看他的經歷如何。

「在香港，我未試過（遇襲）。」鄧宗弘（阿弘）在報館天台接受訪問，粗框眼鏡在這夏夜看來特別沉重。其時8月5日晚上8點，事發二十九小時後，有關他的消息，在當天新聞報道播出，網民瘋傳涉嫌襲擊阿弘的主角照片，該男子看來五六十歲。阿弘以為「這年齡層的人能控制自己情緒。（他們）都已工作過這麼多年，經歷這麼多年的人生，應可分析與處理，並能冷靜面對」，不料，涉嫌襲擊、推撞的竟不是年輕人，而是已近退休年齡者。事前，facebook有疑似退休警察揚言要做些事；這幾天被指涉事的，都被認出懷疑是退休警察，事態發展至今，似乎有跡可尋。加之正在休假的、將退休的警司劉達強近日言行，那種行動的動員對象是誰，呼之欲出？

街頭無影腳

阿弘在8月4日當天大約在3時10分來到旺角，得知某電器店外發生衝突，立即上前採訪：「我抵達時，已看到有行家倒地。」他立即拍攝，卻被人推撞鏡頭。其間，阿弘右腿被踢。接下來就是短片和新聞報道所見的情節。

阿弘常在香港和大陸採訪，比較起來，一直覺得香港很安全：「這是個法治地方，就算在當天的那個環境，我都沒擔心過採訪會有人身安全。除了這段時間有點衝突外，我站在支持警察執法的陣營裡，知道我和行家的身份後，他們都會有種抗拒，都有伸手遮掩我們的鏡

頭，這是我從沒想過的。」問他會否覺得這群人正在仿效大陸做法，他想了一會：「他們在肢體上的動作，的確給人一種大陸（採訪的）感覺。那一刻給我的感覺是很不合理的：我們之間沒有肢體衝突，只是合法合情地去採訪，想不到會有這種回應，實在意想不到。」的確，支持警察執法的人，竟會使用暴力對待新聞工作者，難道他們都想警察執法，捉拿自己？

　　阿弘在香港採訪過不少激烈衝突的事件，不曾有人「撳鏡」，又或是推撞：「未試過以我為目標的推撞。作為一個記者，我未接觸過這情況，就算警察動用胡椒噴霧的場面，都未有過這情況。而在七一，眼見的示威者都很理性，從來無人用過這種暴力去對待記者。」他信任每次參與集會、遊行的人，只在大陸試過在講明身份後仍被襲，今次卻在旺角：「他根本沒理會（是不是記者）。」問阿弘有沒有話想跟襲擊者說，叫他自首？阿弘終於從苦瓜乾面容裡笑了出來。問他有沒有話想跟行家說，他希望大家可團結一點，想想辦法。今天，全賴網民全方位記錄，新聞工作者在這事件上有了不少錄像佐證。最後，還得感謝支持警察執法陣營創作的口號，容我們一起高喊：「支持警隊嚴正執法！」

傘下世界

2014年雨傘運動及其他

學生罷課第二天，學生組織在政總分三個場地廣邀學者與民間團體講學，筆者在編輯室全程收聽現場直播，有學者授課完結前說，十分享受在秋風中講學，筆者想起「浴乎沂，風乎舞雩，咏而歸」這教育理想。這場罷課運動未見成果，先現契機：多個民間團體上台向罷課學生分享自己遇到的民生問題，有婦女組織、公屋居民組織、關注領匯的青年等，這群市民，平日不會踏足大學，向不相識的學生訴苦；今次罷課的不乏法律系學生，經此一課，直面市民所受的苦，或會成為學生為民請命的動力。

主持人提到罷課第二天早上，他們看到一名老婦人在特首辦公室門外求見，而他們拿著一支筆、一本簿，嘗試上前邀請特首兌現承諾，坐下來跟學生面對面談話，結果如何，可想而知；倒是因為求見的老婦人，令人想起政制與民生的關係—如有健全政制，有代表廣大市民的民選政府，能為老婦人解決生活困難嗎？仍未可知；已知的倒是，未有真普選的政府，提出影響市民的政策如東北發展計劃，未見體察受影響的市民，導致一群從新界老遠跑到金鐘的中老青村民，多次前來示威，而立法會審議的過程面臨各種質疑，尚未能服眾，成為今天助學教授口中的公民教育教材。

「罷課不罷學」所指的「不罷學」，師生都做到了。在場支持學生的市民，與大學生一同席地而坐，一同學習。至於特首在快可面對學生的時候，轉身退回辦公室的做法，無論支持或反對罷課的學生，都看在眼裡。這是政府的一堂課。學生既然不罷學，曾是學生的政府官員，千萬不要罷學 —— 向今天的學生學習，重拾當初加入政府的使命感。

堵塞不如開道

大學生在 9 月 22 日至 25 日罷課，中學生接力在 26 日罷課。當晚，有學生衝入「公民廣場」，警方包圍、拘捕學生後，引發一群市民在政總通宵留守，在場聲援、保護學生。27 日，更多市民前往政總，其時警方沒有封路，任由市民出入。因政府未回應學生訴求，被捕學生

仍未獲釋，讓愛與和平佔領中環的提倡者戴耀廷，就宣佈提前佔中，稱要協助學生。28日，警方將所有能通往政總的路都封住了，變相封鎖仍留守在政總內的學生與市民，引起不滿；被堵塞的市民太多，有人走出馬路，政總外圍地區疏導不了人潮，市民漸漸就擠出馬路，打開佔領運動的序幕。

自2013年反國教科運動與碼頭工人罷工後，民間連結了多個群體：大學生、中學生；工人、婦女協會；學者、教師等，他們在這幾年間，形成了社運新力量，不再像保天星皇后與反高鐵的那些年一樣，由剛投身社會的社運青年主導，而是由家庭與教育單位主導的社運潮：工人的孩子、孩子的母親；教師、學者的學生、學生的家長，這些小小的單位，因每場社運信息單一，容易累積，在在揭示社會與制度的不公義，加之新界東北計劃前期撥款事件，導致這些單位計的社運能量，在今次佔領運動一下子爆發出來。

碼頭工人如何回饋

有些人認為這場運動有台灣太陽花學運的影響，其實喚起這場運動的力量，除了來自單位對政制的不滿外，還有香港人或已甚少提到的「愛與關懷」：罷課期間，媽媽煲湯給大家的孩子，碼頭工人前來支持學生，說一年前有學生幫忙，一年後就由工人回饋……以往，建制派掌握基層家庭單位的狀況，以物質來換取信任；今天政府施政手法引來爭議，路人皆見，許多健壯的老人都

知道真相，都加入社會運動！香港社運已由階級抗爭轉
化為前所未有的家庭式抗爭，現在家長與子女一同佔領
幾個地區；稱自己沒有大會主導的學生，亦已擺脫以往
只關注參與人數的社運傳統，所佔領的區域，來自善心
市民的物資竟可跨區流通，有了具共識的編制與秩序，
連結多種工人（包括司機）階層，開創社運模式先河。
這一切，未必是催淚彈的動力，而是政府無法掌握民情
的必然結果。

幼稚園與言論自由

電視新聞拍攝園內課室上課情況，老師教導學生時
問：表達意見用手還是用口？然後指住自己的嘴唇，提
示答案。看到這個畫面，再有政改三人組的記招，不禁
問：幼稚園學生將來真能只以嘴巴表達意見嗎？市民等
待多年的民主政制，以嘴巴、以筆桿、以腳來表達，執
政者聽見嗎？這個連中學生都議政、發動社會運動的香
港，到底發生了甚麼事？

幼稚園孩子，他們的命運掌握在誰的手上？今天為市
民爭民主的大學生與中學生，正在為今天的幼稚園學
生、他們的家長，爭取一個早已由政權承諾的選舉方
式，確保未來特首獲大多數香港人認可。街上仍有不少
人受每天四點與五點半的政府記招影響，灌輸多種「佔
領者擾民」的信息，同時有人以官方數字，反駁被佔領
的區域有更清新的空氣，甚至有司機發現，道路比平日
更暢通，揭示政府多年來交通政策有欠周全，沒有顧及

環境保護與道路使用狀況，亦有不少市民自發為疑受影響的商店，在社交網站向親友引介，為被佔領的社區重新注入新的意念，本該由政府做的事，今天市民竟在努力著。

不少市民佔領地區後，發現路邊的商店，以同一品牌的分店為主，影響的首飾店舖又牽連同一道路的私營公共交通工具，其間在這小社區分組議政的普羅市民，一夜間發現道路使用者與店舖租用者同屬一集團，見識了甚麼叫「一條龍服務」。此外，又見識了來自其他地區的、使用武力手段來威嚇，甚至襲擊市民的人，用肢體來表達意見。幼稚園老師說，表達意見要用嘴巴。假如亂局仍在，這群學生到了小學、中學以後，還可表達意見嗎？誠心盼望今天的政府，把孩子的未來交還給孩子。

去公園示威的結果

在雨傘運動下，政府每天要面對的，是隨時湧上街頭的市民。他們因應執法者的表現、官員的言行等，用腳來表達意見，持續佔據交通要道。政府勸喻市民移至公園示威，市民不情不願。數年前，一群文化人發起一場活動：「自由波」（freedom ball），針對香港各個公園（成文／不成文）的規條，測試執法者（公園保安）的反應，從而揭示公園種種荒誕規則。據活動主持人的統計，公園共有四五十種「不准」，包括不可玩玩具、不准進行球類活動等。有行為藝術家曾在公園小徑上單腳

跳，都被保安制止，說在公園不可跳躍……他們沒有質疑執法者的處理手法，深知他們都是政府工作外判制度下的受害者。

香港人缺少的是公共空間。公園的「不准」早已使許多人不滿，政府竟提出移步到公園示威，更見政府不察民情。這十數天，充滿創意的香港人，在街頭發揮創意，使平凡的街道添了生氣，重塑本來車水馬龍的空間用途，並因此使市區空氣質素改善，值得政府深思。

有媒體揭發，據城規會文件，「公民廣場」屬公共、開放的地方；今天則關起來，只為出入政總的官員、議員的房車服務！香港人又少了一個公共空間。政府請市民移步到藏有多項規條的公園，當然是個公共空間，卻沒保證公園會否再被鄉親預先申請舉辦活動，沒保證官員何時前來公園與民對話。而這場無端被誤判為「顏色革命」的、尋求對話的運動，執政者似難理智地追求真相，也似難面對洶湧群情，只以強硬行動來取代與民溝通。政府不聽民意，卻要市民聽從政府、相信政府，這是個笑話嗎？

太陽花學運的啟示

2014年春，台灣太陽花學運最血腥的晚上，發生在3月23日晚及24日凌晨。23日晚，有人向守在台灣立法院外的學生與市民，揚言要佔領行政院，群眾於是步往行政院外，部份人成功闖入。其後，武警到來驅離，圍毆手無寸鐵的示威者，事件動盪整個台灣社會，紛紛質疑警

察使用武力的準則如何。民眾集體向法院自訴（台灣刑事訴訟體制之一）控告行政院長、警政署長、警察局長與分局長4人「涉嫌殺人未遂」，7月被台北地方法院傳喚。

在三二四血腥驅離後，有不少欲為警察討公道的議員，展示一張由警察填寫的受傷狀況；仔細看看，多間分局的警員受傷部位幾乎一致，被質疑有人要求警員統一口徑，狀似「交數」。與此同時，曝光的警員施暴片段不斷被電視台重播，有人見他們手握盾牌砍人腳趾，又揮動警棍襲擊民眾，盡是違憲行為。終於，在幕後指使的官員與公務員，都被司法機構傳召，可説是社會運動的一場勝仗：彰顯台灣法治精神。

台灣今天能以自訴形式控告政府要員，在法院上展示當時的不公義事件，是民主社會重要的示範：毋懼當權者、執法者打壓，以最溫和、最恰當的手法抗爭到底。

而在半年後，香港發生執法者在「暗角打鑊」的事件，及後更有執法者以警棍「自衛」，導致多名市民頭破血流，執法者甚至「帶走」戰地記者、向記者面部噴胡椒噴霧！凡此種種，都引起社會廣泛關注。暗角事件的害群之馬當須追究，更值得市民細想的是：誰要這群執法者如此對待市民與傳媒？誰是這些事件的首謀？

台灣政府的「首謀」正被民眾起訴，已進入司法程序；香港接下來或會衍生多種公民抗命形式，台灣這宗案件，説不定會是個重要的參考材料。

用文學書寫守護香港

訪問《沒島戀曲》作者陳寶珣

那天，陳寶　與許多群眾一樣，在煙霧裡，從灣
仔跑到金鐘，逗留至晚上十一點，才離開現場。
現場多次傳出警察要開槍的消息。這些場景，並
不陌生。二十六年前，他打算告別《信報》，申
請到北京電影學院做旁聽生。林太（《信報》老
闆娘）請他繼續採訪，做駐京特派員。從二月到
六月，他一直在北京，見識八〇年代中國有多開
放，政治有多進步，也曾相信香港有民主回歸。
時至六月五日，港龍包機，第一批回港的香港傳
媒，有他在。這群香港人，曾經天真；如今，告
別中國。一年後，陳寶　在《八方》文藝叢刊
（1990.11，最後一期）發表中篇小說《發給每個
閉塞頭腦幾顆理性的子彈》。

「如果今天要發表它，都不知哪份刊物願意登了。」他指的是字數：四萬餘；我想到的是題材：六四。或會令許多人猶豫的數字。故事提到政治風暴過後，國家正朝向資本主義進發，有一群見證者敍舊，大家都顯得不清楚聚會目的。清醒時，他們沒説甚麼；醉了，才説真話。是一群依賴神智失序來説真話的可憐人。小説還這麼寫道：「工人在廠裏藉以表示清極抗議的怠工行動已持續數月，連串的廠內檢查同時算告一段落。由於互相作了大量不在現場的證供，因檢舉而獲罪的人並不算多。平日即管有個人之間積怨、糾紛，現在都按下不表。整個工廠以至社會，正在進入集體失憶狀態。那段翻天覆地的日子，淡入淡出，好像自盤古以來便一直無事發生；但人們之間有種不必言傳的默契：即使是最先倒下的，也終歸撐得最久的。」還有數不完的好段落，都出自陳寶珣手筆。當時，香港一樣沒太多人寫得完一部成功的六四小説。陳寶珣這部默默地成功了，卻一下子擱筆二十五年。

停筆二十多年後

陳寶珣這二十多年來，從沒重讀自己寫過的小説；筆者姑且引錄一兩段：「逃亡路線是怎樣畫成的。它僅是骯髒的腦電波中一條故作玄虛的短小曲線，以為電光千里間，已自如地構成距離、方位、溫度，甚至錦衣美食。車段長（角色名）對此已不抱幻想。我只是一個要被毀掉而完全沒有生路可走的小人物。」而《沒島戀曲》幾乎沒有用比喻，好些落在名家手筆肯定會被長篇

大論幾頁紙寫寫寫的意象，他處理得乾淨利落，又能保持文學高度。「那時我仍很『文寋』（文皺皺，寋，粵音caau4）。」他形容這個自己。

才剛坐下來，他就談到電視紀錄片的前景與局限，似是老問題，由一個在媒體從事二十多年的編導說出來─語速疾馳，是關切；時有聳肩，是無奈。二十多歲就決定投身影視圈，做過《阿飛正傳》場記；頂唔順，中途離座。做過編劇如《契媽唔易做》，拍過電影如紀錄片《金邊之邊》，拍過港台外判計劃第一批作品，當中有他成名作：《十畝地》，曾在香港國際電影節和阿姆斯特丹紀錄片電影節放映。陳寶珣曾在無綫工作過，但拍得較多的，還是《鏗鏘集》。二十五年後，他覺得拍夠了。正如他在《沒島戀曲》裡寫過「外間好的一切都不敢承認，覺得鎖在一個大大的集體中最保險」，告別集體操作需要有多大勇氣？在佔領運動踏進十月時，他毅然放下鏡頭。他拍不下去了：「在電視台廿多年，文字依依哦哦，與寫作不同。我知道那規則，電視機制會令你得出來的東西少了，被磨平，這裡面沒有個人創作，是集體的。有好些仍在崗位的同事，仍會爭取（不被磨平）。它與編採甚至是無關，當你與主管討論時，會磨平少少；與受訪者談時，會磨平少少；與TEAM合作時又會磨平少少……說得動聽就是TEAMWORK，說得不好聽就不是你的WORK，哈哈……如那不是我的作品，我覺得不夠。我覺得拍夠了，我需要一個可以去得盡少少的（媒介），令我可以對社會……我都到了這個年紀。而我相信……我強調──我又強調又相信，香港當前急務，就

是要建立自己一個優秀的整體，而我們是有成為優秀整體的條件：我們有的是獨立思考，可以自由發表，敢寫敢做，這麼文化才強，文明才有——不是指物質文明，而是文化上的。」他以《八方》為指標，廿五年前尚有這樣的園地，廿五年後，我們的文明在哪？如果連這些文明都保護不來，跟他說保護香港，是浪費氣力的：「在龍和道在旺角被人打，都沒用的。」他是說，佔領空間是作為談判籌碼，只談過一次而已。

> 「我們有的是獨立思考，可以自由發表，敢寫敢做。」

皇家馬德里還是打不倒巴塞隆那

香港人要保護的不止是一時一地的抗爭空間，而是守護文明——至少，要認識香港曾有的文明：「你畀人扑一世都無用。這一切都在他們（在位者）的預計內，正如李飛所言，你有本事就瞓街瞓一世，他就是看扁你……我為甚麼要瞓街瞓一世，你（李飛）瞓街才對，我們堂堂正正做一個人，我們有條件做一個人，你們不同，整天畏縮，自己想講的不敢講，自己可思考的連想也不敢想。我們與你們不同。我們比你們多的，就那一丁點（自由、獨立），而你們有多強大的都好，沒有就是沒有——不能自由地去想去講去寫去做，我們根本就勝過你們。用這個（自信）建立自己的話，我覺得好

OK。」而他竟講起足球來：「正如西班牙裡的巴塞隆那，對啊，西班牙是看不起你甚麼分離份子的，可是皇家馬德里還是打不倒巴塞隆那，兩支球隊對疊，巴塞隆那都好開心，場場都有入球。看球賽似很簡單，文化上西班牙就算想完全地吞掉巴塞隆那人，都是沒可能的。」他記得沈旭暉寫過加泰羅尼亞分離主義，常常鬧獨立的巴塞隆那，有自己的語言（加泰羅尼亞語），人口與香港一般，都有七百多萬，早在西班牙統一前，都是個獨立王國；後來還是保持自治地位。在香港，明明有白紙黑字寫得再清楚不過：一國兩制，高度自治，卻被一群來歷不明、不了解香港的人指指點點顛三倒四。

香港作為文明建構的基地，以前是沒大可能。陳寶珣一代人都經歷了一段「無所用心」的日子，香港太Happy，不會太窮。現在大家都醒來了，公民社會開始建立起來，像《沒島戀曲》裡的人物角色，有個鮮明的意象在：「我的小獸跑出來了。我還不怎樣認識牠，但是牠是我的小獸，我們會互相看護對方的毛髮，盡力向森林深處奔跑，迎接巨變，靠在一起捱過白色的冬日。不過，夢中的我大概吵醒了在夢中的牠，牠哭了。牠有牠的噩夢，牠輪迴中註定要變成一隻麒麟，牠說牠不要變成麒麟，這是動物的惡，是千年的物咒，多少次輪迴都不可能翻身，牠情願領著我在沒有國界的山巒中奔跑。我說我樂意呀，牠於是破涕為笑。打雷了，天要裂開來的那股兇狠味道，想著都覺胸口翳悶。森林般，到處的不可知，行動或是等待，重新建立，是一種甚麼秩序？一個有著全新秩序的、新生物種的森林？我問我的小

獸，牠說不危險，可怎麼會呢？牠沒有說下去，其實牠甚麼都不知道。」（第三章）

《大拇指》與《沒島戀曲》

這個滿佈隱喻的段落，陳寶珣還是戒不掉文青習慣，卻寫得比以前從容得多。這頭小獸當然是指新生代的抗爭意識，同時也是指香港。一個動物想做一個動物，就這麼簡單，誰管牠非要變成麒麟不可？明明就是個動物，本有做動物的自由，你不犯牠，牠在森林裡自有天地。你卻強要牠成為你「西班牙是看不起你甚麼分離份子的，可是皇家馬德里還是打不倒巴塞隆那……」那所謂文化的圖騰。甚麼是殖民化？誰叫你來用語言犯我們？

陳寶珣想像力是他在文青時代培養的，曾在著名的文學搖籃《大拇指》月刊發表，得過文學獎。七八〇年代香港小說豐碩，南美文學魔幻寫實經也斯與西西等當年文青引入，連帶曾到訪香港的中國作家（如莫言）都受過影響，而村上春樹風潮、卡夫卡小說研讀風氣自八九〇年代興起，其時陳寶珣已投身影視界，在整個香港小說書寫風格與風潮更迭裡雖是缺席，但複雜在於《沒島戀曲》並非全然沒有這些元素。如果用他「香港文明構

成」的說法來看他的小說，在「無所用心」的日子裡，《沒島戀曲》冰封八〇年代痕跡，而最複雜的是，裡面的寫實與簡潔，他承認多少受紀錄片工作影響。

他曾在現場，所捕捉的場景，卻與曾在現場的抗爭者不同。《沒島戀曲》有魔幻寫實的部份在：「是放煙花的日子吧，煙一下飄過來了？不，撲過來，有隻手一把扯我走向逆風處，可風一直追著人轉，只管一味趕我走向另一方。前面是整列穿白色制服，帶白色面具的人，我走近才看得清楚，根本不是面具，他們原來都沒有面孔。一張張掛起來的空著的臉皮，眼耳口鼻五官六感，統統被偷空了，原該長出五官的地方，光有滑滑的一大片，毛孔臉皮平整細膩富有彈性。我驚過了也不再驚，由得他們把人們隔開，趕遠趕散，我在夢中夢到了這些，煙也不美麗，也不惡毒，味道像變酸發臭的芥末，和白衣白臉混成一片。我確實哭了，四圍黃幡飄飄，像一場盛大的送葬。」是場盛大送葬，送的是香港人曾不珍惜的自由。今天，我們從《沒島戀曲》讀到金鐘旺角的一些記憶，讀到醒覺者的捍衛，讀到陳寶珣要守護香港文明的決心——文學作為文明的重要構成，陳寶珣以《沒島戀曲》回歸寫作行列。在煙霧裡送葬，誰說不夠積極？死去的由它死去，雨傘運動失敗的由它失敗。輸人不輸陣，人在書在文學在，由得有權勢的人失言失禮胡說八道，文學就記下這一筆那一筆，逐個笑，逐個葬。煙霧裡我們死了一年，大了一歲，多了一群同行者。一場關於九二八與書的訪問，要說的還沒說完——都在《沒島戀曲》讀到的。

報販保衛戰

訪問《街邊有檔報紙檔》作者莊玉惜

《街邊有檔報紙檔》作者莊玉惜，一直留心身邊那許多漸漸消失卻又頑強地生存下來的舊事物。長年的記者經驗、自然讓她明白，當全個行頭寫「八〇後」，明知有更多世代在內，你也不得不寫「八〇後」，大家都被迫傾斜。現在政府與地產商（一致）的「活化」行徑，她認為這「大肆排斥具生活化及具地道特色的街頭文物」。我們活在這種「保育」的大氣候裡，研究「保育建築」又豈可有所「傾斜」？

多年前，莊玉惜報讀香港大學有關保育建築的碩士課程。其他人研究建築風格，她卻觀察為甚麼那個窗戶比前期建築多了幾根鐵枝；他人研究大牌檔，她偏要研究報紙檔。

起初，就連丁新豹博士也懷疑街頭報紙檔能否被認可為文物，而論文導師李浩然博士亦質疑報紙檔有何文物價值：「一件事物有多少『底』，就有多少『底』。」這麼多年以來，只有一冊報告書專述街邊報紙檔，那僅是香港中文大學1974年的調查報告，不外是一堆未經分析的資料而已。

反清行動

莊玉惜花了一個月，為香港歷史、庶民文化等填補了非常重要的板塊。在那麼短促的時間，竟可自「藍皮書、憲報、行政報告、殖民地檔案」等搜得這些資料，以證明研究對象的價值。後來又找出《南華早報》與報紙檔之間的關係、傳播革命信息的報章與《南華早報》之間的微妙競爭，甚至有創辦人謝纘泰與孫中山、楊衢雲相處經過，歷史一經莊玉惜的眼睛掃視，再經她如偵探般的聯想力，資料頓時充滿趣味！「我不能信任他，相信他能帶領反清行動⋯⋯孫渴望每個人都聽從他。這是無可能的，一直以來，從他的經驗反映，若將革命事業全仗於他，實在太危險。⋯⋯孫中山似乎是一個甚輕率且鹵莽的傢伙，這個人不惜犧牲自己性命為求留名後世⋯⋯」單是這項來自謝纘泰1924年寫的 The Chinese

Republic: Secret History of the Revolution，就足以令人嘴唇微震吧。這當然只是個人日記中某某對民族英雄的觀感，可是偏偏這個某某就是支持革命的辦報人；加上謝氏與康有為、梁啟超的通訊與瓜葛，無意中竟為辛亥革命前後拔出鮮為人知的線索！

在這期間，《南華早報》向政府申請設立報紙檔，位處纜車站，是為全港第一個報紙檔：「第一及二個報紙檔都置在車站，一個在山腳，另一個在山頂車站。」莊玉惜補充。

報紙檔百年歷史的默許，讓她追查出歷史見證者的資料—報紙檔原來也有設計者，而且是當時一名警司：「我知道報販當年由警方管制，應可從這方面查出端倪。於是從這方面著手，推想設計的背後理念。」不過政府檔案處相關檔案僅存小量：「一份是由警務處處長向市政局發送的內部文件，寫了該名警司的名字，說明那是他設計的，並著議員聯絡該位警司。那記錄了『一哥』的話語，他說：『這人設計了，你去找他吧！』另一份是市政局議員與衛生幫辦，批評那個設計有甚麼不好，就只有這兩份……」這位民間偵探描述得非常活潑，我一時被她嘴巴那迅速而動聽的調子吸引著。

發現第一個報紙檔之後

莊玉惜在書中提到有關1956年「警司動手設計報紙檔」的文件：「市面上充斥著大大小小不合規格的報紙檔」，一哥也曾為這種佔據街道空間的營商者「發老

脾」：「報販似乎習以為常將報章散佈地上，有時甚至霸佔多達十八平方呎面積，對行人通道釀成相當程度阻塞。我認為所有報販必須使用報紙架，靠牆而立，免阻礙通道。深水埗警區警司，設計了個合適報紙架，市政局可派員聯絡他，研究適用與否，若貴局同意有關設計，應強制報販使用。」「老脾」處長麥士維（A.C.Maxwell）這麼一說，就成了香港報販逾半世紀的命運魔方、莊玉惜口中的「鐵甲萬能夾」。

販只一未串、法家女，佈策連款處理販

「報，散政一罰款處理小販

儘管她找來這麼豐富的材料，卻又不甘於只找來這些「二手資料」交貨了事──這位警司在文件中，只出現Browett一串字母而已，有沒有可能找出他姓甚名誰？他健在嗎？有可能聯絡他嗎？她在互聯網上找到一份九八年《警聲》訪問警務處前助理處長John　Browett的文章；追查下去，原來正是當年的警司，得悉Browett在南非組織了緩延跳傘會。到底這個Browett是不是她要找的那個Browett？屈指一算，八旬老人加入跳傘會，這有可能嗎？「我們做記者時，常常有個説法：『撥個輪囉』，遇上未知的事，拿個聯絡方法就打個電話吧。」於是她發揮「撥個輪」本色，再在網上查到該會電郵，寫一封電郵給秘書處，幾經

轉折，終於聯絡了 Browett！原來他就是 John　Browett！至今仍對跳傘樂此不疲！跟他電郵往復，問出許多連政府檔案處也無法提供的資料：「報販多為中年婦女，只不過是將東西散佈一地而已！小販政策未免小題大做，一連串工夫，拘捕、罰款、上法庭應訊、處理法庭命令，充公小販家當……」相信是莊玉惜人如其文的認真與爽朗，總能讓受訪者回答得特別投入。

報販被消失的空間

莊玉惜又處理了這許多連學者也未調查過的事，解破至今仍影響街道文化的事情─她找來一堆六〇年至六三年的憲報，除了尺寸之外，憲報中報紙檔模樣與今天的沒有兩樣：「憲報只許四平方呎；政府卻其實允許十二平方呎。想想看：為甚麼報販不見了八平方呎？為甚麼不曾有人反映，自己的空間少了？發展至今，也只有九平方呎……是有些許改進吧。」如果今天的報販知道自己仍有三平方呎可用，又會爭取他們原來擁有的空間嗎？從建築看來，憲報中所見的報紙檔模樣，與今天的其實大同小

異，都在那基礎上演變而來的，真個五十年不變。歷史的引力讓這看來微不足道的數平方呎，成為她關心的街頭議題。

書中亦有採訪今天販賣中國大陸禁書的報販，也有尋找上世紀六〇年代身患痲瘋的報販，又找來報販前輩細數從前。讀到這些消息與知識賣手的家事與心事，讀到本土歷史的支流有這群街道人物的當下與回憶，莊玉惜為我們帶來從活著與被遺忘者的信息，回顧當年《濟貧法》的核心價值，關顧街頭營生者的日常，看似是點滴工夫，卻為讀者帶來港英政府看待平民的視野與角度。今天我們親愛的政府繼承了港英政府的甚麼？有沒有比港英政府做得更多、更好？真的不用交代了。答案，並不在口中，只在心裡。問心吧。

報紙檔是不斷改變與移動的保育建築。最近常有兼營瓶裝水的報販出沒，更有煙草商付錢裝潢，希望在報紙檔也佔領消費者的視野，甚至有不少旅遊區的報紙檔，已成了中國大陸禁書天堂，許多自由行都識途光顧，成了街頭文化的奇葩。炎夏，旺角一帶已有汽水供應商，為報販添置冰櫃！這些靈活的營商方式，相信只會出現於報紙檔。像我們這樣的讀者，真也希望可向莊玉惜學習「小題大做」，為文化夏天帶來飽滿的涼快。

撐粵語

訪問「八十年代」劇團

2010年，廣州「撐粵語」行動事發東窗當天，有「八十年代」劇團成員碰巧路過，眼見比她年輕幾年的「九〇後」，人數以每五分鐘幾何級數的上升，自小在國內長大的她，驚異今時今日年輕一代的召集力量——五人、十人、百人、千人……不到十五分鐘已站滿街頭，高唱《光輝歲月》。此事成為「八十年代」劇團在「7A班戲劇組」戲劇藝術節的重點劇目：《神神化化正小丑》的時代藍本。導演麥榮浩是八〇後文藝青年，九七回歸前與詩友合辦「零點詩社」，曾在十多年前的青年藝術節一部詩劇編導，探問詩人在經濟繁榮的虛象背後如何生存，在都市發現藝術感的可能。他在2001年到廣州暨南大學修讀中文，並成立劇團「八十年代」。

　　隨內地平面媒體迅速發展，香港文化人大舉「回歸」祖國發展，開拓廣闊受眾群，已非新鮮事。麥榮浩在內地念書，畢業短短幾年，深受傳媒關注，並為多家外商（例如Nokia）編導宣傳產品的街頭劇目與錄像，深深體會戲劇藝術作為工業如何在廣州產生前所未見的巨變：香港詩人這身份，在國內竟然備受重視；詩人所辦的藝術節目，更會受各路傳媒機構的凝視。麥榮浩以香港藝術家身份游走全國，「八十年代」巡迴演出空前成功，許多演員自此脫胎而出，成為各大媒體幕前幕後的工作者。香港，早已成為麥榮浩的戲劇後花園。《小丑》要討論的，是草根階層（小股民和紮鐵工人）在言論空間日漸減縮的背景下，尋找發聲的方法。帶領演員到廣州東山區演出的經歷，啟發他思考「抗爭」議題的演繹方法。「八十年代」重視的，是參與者的自我發掘，於是劇目多由演員主動提出，共同建構，每人都可盡情把自己的故事帶進龐大的受眾社群，每人的故事都獲得充分的尊重與探討，每人的情感都能在戲劇作品中以對白和肢體演繹出來。在舞台上，他們並無演得正確或錯誤的極權糾正，而有共同討論可能效果的寬容。下文探討由香港八〇後帶動的廣州劇團「八十年代」，在「撐粵語」行動、廣州主辦亞運等背景下，對廣州老區被吞併、被遷拆的想法，怎樣以戲劇回應時代事件，並回顧上世紀八〇年代香港音樂與普及文化為廣州帶來的影響。

　　亞琨是東山區土生土長的第三代居民，父母任教職。他聽祖父輩說：「五〇年代市委以上的官員，都自北方

來的。」原來非廣州人任市長這傳統時維已久。自從推普教育實行、大學招外省學生之後，學生真正採用普通話溝通的學習階段，就是大學：「外來學生實在太多了，你不得不改用普通話跟他們維繫。我們講的普通話，都在大學階段練成的。」日常溝通則沿用粵語：「推普（教育政策：推廣普通話）大約是我讀五年級時的事吧。」

「東山不見了，難道你不知道嗎？」

亞君憶述當年念書的日子：「反正老師上課時都講粵語的，要他們講普通話，真的非常艱難。」

亞君是幹部文職，平日愛想像肢體的許多可能。她説，推普之後，學校來了一批外省教師：「都自湖南來的。」自此，上課都不得不聽普

「五〇年代市委以上的官員，都自北方來的。」

通話。崔瑩嘗試分析這種現象：「藝術課老師也講普通話。可能因為本土藝術家都出外發展吧。他們不會留在廣州，多會到北京發展事業。」廣州本土藝術被偌大的土地拉走不少重要人才，廣州藝術教育落入外省人手上，也不是沒有原因的。亞琨自2007年1月18日（他記得非常清楚）加入「八十年代」：「我有幾個朋友在上海戲劇學院念書，是阿麥（麥榮浩）的朋友。他們叫我來一起玩玩，第一次見到阿麥……不知道算不算是加入

啊……」這大約是「八十年代」劇團的其中特色：沒有
故意標榜後現代，卻又這麼的後現代，總有隨機成份的
不確定感而又充滿遊戲感的好事發生，亞琨就在當天誤
入歧途：「我不知道自己在劇團裡的角色，其實只要有
場景設定、故事主線便可提出，可以自己參與的……我
猜這可以稱作『創作演員』吧……」東山街頭劇就由他
與朋友提出並共同創作的：「真沒想到有人對這個
（議題）感興趣的。」

　　比鄰東山區以西的古城區越秀為廣州大歷史添了另一
重意義：經濟版圖的擴張。省政府近年決定取消東山區
之名，以越秀併東山。古代版圖今天得以擴大，難道是
為2010亞運增加旅遊觀光的範圍？無從得知，只因整件
事都不由得居民反對：「沒問你支持不支持。有天他們
說要合併，就要合併的了。事情來得非常突然。」東山
城區於廣州來說，極具影響力，1927年冬廣州起義烈士
也葬於此地（廣州起義烈士陵園，「撐粵語」行動其中
一個集合處）。市政府無意間凝聚了居民的社區情感，
對於除去東山之名，他們有話要說。面對無可反抗的消
極現實，年輕人都找到方法宣之於行動：「東山區忽然
消失了。沒得反抗的，我們可以做的，就是讓人記住這
個區。」亞琨的父親在東山區長大。有年冬天，他買了
一雙白飯魚（白布鞋），途經東山公園，便放下白飯魚
遊玩去；回來時，才發現白飯魚不見了。結果，那年冬
天他沒得穿鞋：「他常常跟我提起這個故事，『東山公
園』掛在口邊。」當年亞琨父的一雙腳常常因此擦傷、
感染。「關於那年的記憶，就是沒得穿鞋的記憶。」他

與「八十年代」談起這故事時，覺得與東山現況很吻合，於是一同構想如何表達尋找失物的故事。

構思故事者有三：「我們一行三人是很奇怪的，三個都在東山區長大，其中二人是小學同學，二人是中學同學，大家在這時交叉式的相遇、結織。」他們決定就以五〇年代父親成長背景為藍本，一起準備道具：鞋。他們將一雙雙的鞋，在路上鋪成路，鋪一雙，説一兩句對白，鋪一雙，又説一兩句對白，三人不斷在路上鋪自己將要踏上的鞋。他們赤著腳，踏在自己鋪上去的鞋，走著走著，説著自己在東山的記憶與夢境。另外，有一個女演員在三人附近，看到有途人圍起來，便問他們以東山命名的建築物在哪：「你見到東山醫院嗎？」、「你找到這個地方嗎？我找不到，你找到嗎？」

遺失的一雙鞋

麥榮浩則飾演亞琨的父親，牽著一雙鞋，愉快地走來走去，較三人更早到達東山公園。麥榮浩裝作睡覺，有兩個演員（其中一個是亞樹）偷了他的鞋；他轉醒時，發現鞋子不見了，碰巧三人也到現場了，便一同尋找這雙鞋。崔瑩則負責為他們攝錄過程，身旁有途人問：「他們到底在説甚麼？」有個老婦回應他：「他們遺失了些東西。」途人再問：「遺失了甚麼？」老婦回答得很平靜：「東山不見了，難道你不知道嗎？」這是場尋常百姓一看便明白的街頭劇，全用東山慣用的粵語來演繹，成為廣州一時的話題，以亞琨的説法是「燒著」了。

　　這場情感遷移成為「八十年代」該年最具意義的劇目：觀眾過百，只此一場，卻帶來重大的社區思考。「阿姨（中年婦）、乞兒、甚麼人都有，特別是老人家，因為他們都住了許久。」崔瑩認為，藝術本來的抽象成份，一旦滲入歷史的另類論述、社區經驗、當地人參與（包括觀賞）等，就可成為雅俗共賞的、信息明確的作品。這個層次的明確並非指它直接指涉的議題有多容易明白與理解，而是指它演繹時的表達效果，以及新世代賦予的情感活力。

　　「八十年代」每個舉動都可成傳奇。他們並非典型的文藝青年，而是來自廣州以至全國各地的新世代面貌。時任漫畫雜誌編輯亞生，在廣州土生土長，是國內一嬰政策下的獨生代。他寫過一本小說，藉尼采的說法來審視社會的意識形態，不幸地，在出版後受某局在書中裁剪出近三十頁內容，原因是思想出了問題。裁剪出來的書頁不見了，市面可見的都是鋸齒狀的暴力痕跡，有人以為那是設計一種，從他的神眼看來，並沒有任何不滿，卻又不是絕對的順從—能出版一本屬於他這一代的宣言之書，已算是令人滿足的事了。

審查與出版

　　他很明白出版的運作方式，也很尊重這種審閱過程，儘管仍有許多令人不得不吃驚的結果，於他這一代而言，從被發現到發表，從發表到成名，當中是一定要付出代價的，而代價就是服從規則。在書面的服從背後，

反而讓他發現了戲劇：片刻的自由空間，可抒發的量度與廣量，都是「八十年代」最引人入勝之處。亞君則是打政府工的幹部文職人員，在「八十年代」卻竟是最想表達「衝破」、「超越」的演員。有次，他們化了小丑妝，路過軍區，在這麼的一個莊嚴地區，她主動請大家以街頭劇形式，一邊與演員即興演著，一邊步往軍方大門，觀察看守大門的軍人反應，結果當然是被驅趕了。戲劇讓他們發展出一種以身體語言表達的抗禦形式，雖然城裡有諸多的規範，卻可用戲劇方式表達思想。亞樹則是九〇後，今年才十八歲，年紀雖小，卻已對廣州多個老區的街角巷尾瞭如指掌，具歷史意義的、富特色的多種老店，因2010亞運在廣州舉辦，許多老店都因城區的粉飾重整而大受影響，甚至許多窮人都被趕走。她常常替「八十年代」探索好玩的地方，大量閱讀亦讓她對戲劇演繹甚感興趣。至於「八十年代」包容藝術背景迥異的主因，可從這一代的成長背景中找到答案。

香港人在廣州

「撐粵語」行動前後，麥榮浩在港編導與演出的《小丑》上演兩場。回顧近年廣州推行普通話的影響，看來對劇團的衝擊不大。市政府宣佈時，理由是「為了更加國際化，所以要說普通話」，那為甚麼不講英語呢？「其實我們一路上看見那些地方被砍得破爛，因而長期惹起民憤。對使用粵語的禁令更令當地人為之髮指。人們都給逼到牆角去了！」於是在《小丑》加入了一節投映播

放的廣州錄像，內容是「有關廣州一些老建築，老街如何被政府拆遷迫遷，然後一眾小丑游走這些快將消失的廣州老風景，用玩樂來撑廣州：即使廣州建築被打碎，重新變回石頭，石頭仍是一塊撑下去的頑石！」（《小丑》劇本）對於那些禁令，大家都「真的完全不知道這是甚麼一回事」，荒唐實在難以言喻：「如果沒有香港，廣東地區都不會有那麼大的反應，因為我們自己本土廣東話的文化裡，電影是沒有的，音樂沒有，文學更加不在話下。如果我們不是從小涉獵到香港那些文藝類的媒體都不會有那麼大的影響……但慢慢都會給同化。」

「有一段時間我們可以看到香港的電視」

有人認為，上世紀八九〇年代的廣州是有自己的電視和電影的，政府突然之間好像不再支持這樣東西，然後就即刻塌下了。崔瑩認為，「政府不支持就會消失」這種想法，是自上而下的，其實現在已成了自下而上的局面。民間到底愛好廣州本土作品，還是境外作品，是民間愛好傾向的現象，與政治無關：「那時，廣州有自己的流行文化，因為那時電台和電視台有一班歌手，那時候有一位歌手叫李春波，他不是廣州人，可他創作一首hit歌《一封家書》，全國都在唱，然後有廖百威、湯莉仁……」

廣州歌手唱甚麼

　　這些歌手大都由廣州著名娛樂公司太平洋影音公司。後來，在廣州當紅的如楊鈺瑩和毛寧，都往北京發展。電視台甚至會為那些歌手辦歌迷會，中學生下課便會去追星，做法都模仿香港。後來，廣州有個叫李海英的作曲家寫了《彎彎的月亮》，在廣州無法紅起來；香港發現了這首歌，就買下版權，由呂方主唱。到有一段時間我們可以看到香港的電視，時維1993年。因為他們跟香港沒有文化上的聯繫，亦不知道香港從來有甚麼事情發生；有了香港電視頻道播放以後，廣東的流行樂壇就開始崩潰，因為不再需要聽本地歌。現在已經沒有人知道（到各地發展的）他們當年在廣州發展過音樂事業。那時候香港的四大天王開始流行，我們都開始跟香港同步了。「廣州流行文化的急劇衰退是與香港電視有關的。」崔瑩憶述：「從前，廣州有自己的音樂『打榜』，每周六、周日就會有音樂錄影帶播放，雖然粗製濫造，但甚有原味，就是那種歌手在彈，後面有條鐵路軌，然後很滄桑的感覺那種⋯⋯每個歌手都有音樂錄影帶，我們每日中午都會有一個流行榜，誰是第一，誰是第二⋯⋯然後我們就會抄下那些歌詞回學校唱。我們有自己喜歡的明星，而且當時的電視台（即現時的廣東省電視台）有一個專門設立的週末歌迷會，就會幫那些明星慶祝生日，好容易接觸到明星。但後來就已經覺得他們太老⋯⋯那時候小朋友的趣味就是這樣的：我現在喜歡這個，但突然出現更好的，很快就會忘記以前很喜歡的歌了。那時候開始喜歡香港的明星⋯⋯（形象）真太強烈了！

進佔了我們的生活。」為甚麼「撐粵語」行動中的廣州
人，所唱的粵語歌都來自香港（《半斤八兩》、《光
輝歲月》和《IQ博士》），可説是香港文化引入後的證
明。

如何令廣州重拾以前

七〇後的崔瑩發覺這幾年所發生的事，讓她分辨出自
己與八〇後的落差：「他們不知道之前發生過甚麼事。
他們出生就已經接觸香港電視，喝可樂，就如母乳一
樣。所以他們的某些思維方式，説話或者做事的方法都
是一個模式。但七〇後的人因為有某些當年的經歷，
包括改革開放等。香港和廣州雖然隔開，但廣州於全國
裡是為一個口岸，發展得最快和最快變得富裕的城市，
我們的衣著潮流，飲食都是全國最跟上潮流尖端的。為
此有一種自豪感，但不知道為何，我覺得它正在衰落當
中，我反而認為八〇至九〇年代的廣州才是廣州，因
為被隔絕的東西才是自身最濃烈的東西。那時候工廠業
界未南下發展，而且還未有那麼外來的流動人口。其實
廣州那時候是小城市，擁有很舒服的環境，沒有甚麼污
染，而且自給自足。是一個頗自由和舒服的城市。但於
經濟起飛以後，深圳、珠海等等，那種生活是突然間轉
變了，又有卡啦ok，明星等……但自己本身的呢？」

崔瑩的口述歷史，為廣州與香港重新劃出界線所在：
「上了大學讀藝術，除了讀設計是本土人以外，基於我
們廣州的美術學院想保護本地的創意工業，那麼就規

定修讀設計不錄取外省學生；而這群學生畢業後就在本地的設計公司任職以保護本地創意，但現在都開始錄取外省學生。純油畫、國畫、雕塑等等的學系，有一半以上都是外省同學，有內陸的有沿海的……然後就到達了另外一個更廣闊的世界。基本上沒有去想甚麼本土不本土，那幾年的大學生活主要就是跟不同的人相處。然後出來做事，這個城市開始慢慢越來越多人，現在反而想找回那歸屬感，但老實說，大多精英都離開了，那種失落感又強了。」襄王有意而神女無心，保護本地創意工業的良好意願，都抵不住廣州以外的吸引力：「始終那是你土生土長的地方，有很多很美好的事曾發生，但家庭大了，人口又多了，變化又大了，反而城市發展得越快，內心卻更顯寂寞。所以這個（「撐粵語」）行動是為一個行動，是一種action，而這個action可能都不能令廣州重拾以前，但如果不行動是不行的。」

問問答問問：文學

灣仔烈佬

訪問黃碧雲

　　有個修讀新聞系出身、在香港大學考取犯罪學碩士的香港女子，早年以文學創作成名。這些年來，她寫了許多書，說了許多故事，先在香港出版，漸漸在大陸與台灣都有一批忠實讀者了。前陣子，她遠赴西班牙學舞，費林明高成為她文學以外的語言：蹿蹬蹿蹬、蹿蹬蹿蹬。大家猜不出她去向，總是跳來跳去，時而舉起面具收起面容，時而以生活細瑣交織專欄文字，時而執起一塊木，用另一種筆在木板上刻劃文學以外的美，忽然又會出一本小說。這就是黃碧雲。她回來了，以作家身份回到她的起點：新聞的、犯罪學的現場，以小說藝術完成一名吸毒者的大半生：《烈佬傳》。小說情節裡的經歷不再是擬真的藝術加工，而是作者潛藏多年的本行，用「烈佬」口述所得寫成。

　　在筆者與黃碧雲的通訊中，她沒有說這書談的是甚
麼，而是分享她的木刻畫是怎樣完成，隱現她對故事材
料的看法：「封面圖原作是木刻，跟一幅灣仔六〇年代
的照片改畫。我估計是藍屋那條街。因為是木刻印刷，
左右掉轉。書寫一個吸毒者一生，他六〇年代開始在灣
仔蒲。書的第一部份寫六〇年代的灣仔。封底圖也是木
刻，用域多利監獄的窗及樓梯做基本結構，印出來後我
用粉彩上色，畫上島與海，黃昏入夜的天色。書的第二
部份寫監獄。另一幅木刻我作為第三部份的插圖，我刻
了一株枯樹。……第三幅是書的第三部份『彼處』的插
圖，寫的是烈佬出來以後住的中途宿舍，在他人生的最
後歲月，他思索他一生。」

因為魯迅

　　《烈佬傳》是她的木刻創作：「用木刻是因為魯迅。
木刻是農民的手藝，粗糙原始。《烈佬傳》很粗。」
黃碧雲用工藝來說明書「粗糙原始」的本質，原名
叫《此處那處彼處》，後來她發現配作封面，六個字
排開很醜，於是改用三個字：「當初我覺得，書寫得很
淺白，幾乎沒有我自己的文字，我想保留一點我自己
的，但最後連書名都失守，只能屬於烈佬。」烈佬才
是主角，黃碧雲從不僭越。黃碧雲在上一部作品《末日
酒店》尋找的是小說語言還可以到達哪裡，聽來很抽
象，讀來像詩，卻又能令人想起《媚行者》至《沉默。
暗啞。微小》一皆有跡可尋，可是《烈佬傳》的出版，

幾乎是要向黃念欣（《晚期風格》）的「籠統」分類説不。黃念欣為黃碧雲著作分為兩種：受歡迎／可理解，不受歡迎／不可理解。除了《烈佬傳》以外，上述三種作品都可列為後者，均是「內在隱密類型的作品理路」；《烈佬傳》的出現，將是令文學讀者與黃碧雲研究者感到意外的作品類型，反應一如當初大家聽見黃碧雲去學舞：難以置信。

　　黃碧雲讀者也許會措手不及：《烈佬傳》其實是小説體的報道文學：「書用很多廣東話，除了因為敍述者不識字，所以我寫得愈接近口語愈好，但我也想到香港愈來愈為『統』與『一』，我不會叫口號撐乜撐物，但我寫香港用口語，有一種身份的肯定，並且賦予尊嚴。」不過「純用廣東話，又失去『傳』的味道，所以寫得半白話半書面語」。故事地地道道的講香港故事，黃碧雲既為烈佬保留語調，也想藉此隱示語言主權。

　　多年前，黃碧雲在悼念青文書屋羅志華的一夜，用舞步與死者對話。這部作品，則是她為烈佬所作的紀錄：「我私希望能夠做到《史記》一樣簡潔，但始終是白話文，寫極都無法像《史記》，但每一個版本，愈寫愈小，抒情近無，情節愈簡。」用烈佬語言完成的《烈佬傳》，看來是為香港讀者而出的作品。請大家留心，烈佬的江湖，肯定比香港當今新官場更光明磊落。讀後，你會發現黃碧雲的無限。

越看不見，越看得清

訪問盧勁馳

我在東岸書店當兼職店員時，就已經見過他。來到文藝書店的讀者，都是「吃書」（讀得透徹）的，而他是唯一一個，把整張臉貼著書頁，像癮君子，拔出玻璃鏡片要「來料」：「要看清楚一些東西，都會拿起一個十倍的放大鏡湊上前來看。但這樣看，其實都看得不太清楚。」當年，我並沒怎麼好奇他有限視力的所見所聞，只管他其實是不是來幫襯。後來，在各文學雜誌都看到他用筆名「不信」發表的詩，覺得自己比他寫得還差，很是慚愧。相識多年，今天才認真地跟他談起來：「我忘了最初開始寫作時的情景，但那個時候，我已經要用這種方式閱讀了。」作家其實也可如此不耀眼。

　　「長久以來維持這種狀況，總是令人無所適從，書離我的生活太遠，我期待它，但總是沒有好好得到任何答覆。只是一本有興趣的書，三年、五年，十年以至一生都不由得我去計算，有些更為龐大的東西在後面，我總是無法改變它。」

　　「龐大東西」大約就是遺失的七成視力吧，在我理解裡，這「龐大東西」更可以是語言本身：像我們這種健視者以為看清一字一句便是理解，可是隱藏的又豈止表面意思：「我認為健視者最『看不見』的東西，就是以為自己看得見。所以，在這部『看不見的照相簿』裡，我企圖探索如何以從看不見（視障）的經驗裡『看見』健視者看不見的東西，因為在視障者的世界裡，很多時候都不太相信自己所看見的，所以對任何看到的東西都抱有一份質疑。」

　　由視障者出版一本給健視者的《後遺—給健視人士‧看不見的城市照相簿》，是拓展世界維度並警示生命教育淪為無知崇拜的最佳示範。

看東西需要的體力

　　2009年書展前，曬腿青春的可愛年輕人飽受抨擊，書展幾近演為人展：「那裡不是個創作交流的好地方而已。湊湊熱鬧還可以的，但作為一個跟書有關的活動，就覺得有點沮喪。」這倒不重要，來個老土安慰：心中有書，每天也是書展，到處也是書展？「對我來說，書本身，就是叫我沮喪的事情了。」這回答讓我不知所

措。曾經專注的人，才知道專注所帶來的恐懼。

　　盧勁馳有專注的必要，付出比健視者更大的體力，具備比健視者更大的條件：「許多本地的文學作品都打動我，只是物質條件上不容許我看得到。現在，我要看一本書，必須把全書逐頁掃描進電腦，然後用軟件把掃描後的圖片轉換成文字檔案，我才可以用發聲軟件聆聽其中的內容。中文書轉換時，只有七八十個百分比成功，其他的字出現怪碼。我記得有段時間好像是失學吧，掃瞄了黃碧雲的《媚行者》，然後一面聽，一面用放大鏡逐字校對其中的錯字，每天看超過8小時，足足用了兩個多月時間才看完。但這算是個幸運的經驗，記得當年東岸書店結業，拿了一本鍾玲玲的《玫瑰念珠》，不下五六次嘗試掃描，都因為書的尺碼和字體不太常見，軟件無法轉換成文字檔案，書一直掉在書架，直到去年，我才找到適合的器具才把它轉換。期待讀一本書，時間可以很長。談到這裡，難免有點悵惘。」

　　因詩於語言的簡練或節省，與他生理局限十分吻合。是詩選了他，還是他選了詩？「我覺得寫作於我總是沒有選擇，但很難說是我選了詩，還是詩選了我……」在充滿障礙的閱讀經驗中汲取養分，他的作品，看來比健視者另有一番風景：「從這個經驗出發，我發覺自己的寫作裡，往往都企圖發掘一般可見的東西背後那個真實的一面，於是寫一件物件，很多時，都會寫出別的東西來。那可能是些更抽象的東西，好像情緒、關係、命運、時間或歷史……」

談起詩，話題不斷：「詩可能是一種我最能把握的形式，但又不全然是一種形式那麼客觀，因為由於閱讀上的限制，我沒有太多可以把握的詩歌傳統，所以我不知道甚麼時候用甚麼句法來表達甚麼效果可以跟某些傳統接上關係。我只是放肆在寫，然後吸收其他作品的技巧，再把自己的作品加以修改，可能愈改愈像一些傳統，有時又不然。但無論如何多番修改重寫，我的目標很清晰，就是企圖用文字接近我自己生活過的狀態，只是更多的時候，那個狀態總是難以觸摸。所以，就是經常寫不到，所以產量很少，有時一年只有兩三首詩，但亦可能因為經常覺得寫不到，所以總有動力繼續寫下去。就這樣說的話，對我來說，詩完全不是一種文學類型，反而是指向我的生存狀態本身。」此書於出版界有巨大意義。

請求出版社賣字給他

視障者如盧勁馳，正藉科技改變吸收知識的方式的年代：「我會把書本轉換成電子文檔，讓電腦讀出，我總是把手肘放在台上，手腕托著腮子，另一雙手按著鍵盤以控制游標，然後閉上眼睛，試圖集中精神細聽。一方面感覺有點適然，因為總比拿著書本和筆桿輕鬆吧！」說著，他便想到自己曾經幹過這麼的一件事：「我想到如果書在印刷之前，都已做成文字檔案用以排版校對，我就去信十多間香港的出版社，請求他們把書的文字檔案售賣給我。當然，大部份的出版社都沒有理會我的來

信，其中有一間這樣的回覆了我：如果要把文字檔案售賣給你，那就等於把版權賣給你，一本書可能要花上數十萬，甚至百萬，你買不起。」關乎視障者吸收知識的方式，他一直關注：「這句說話一直留在我的腦海，很多年了，我仍在一頁一頁地掃瞄那些我想看的書本，當然掃瞄的工具不斷改善，工序時間可以減省。然而，對於這樣奇怪的版權觀念，我仍然無法理解。」如果你是留守書展（仍有時間讀報）的出版人，讀完這篇訪問稿，請好好珍惜這位讀者；他或不會像書展人潮，為你把紙張變成鈔票，卻會為你出版的一部書，誠心讀完。

　　日後如收到他的電郵，就請傳他書籍電子檔，可以嗎？

誰搬走了我的香港

訪問陳慧

與陳慧約好在她主場——灣仔一家咖啡店見面，
用WhatsApp跟記者説要在外邊抽根煙，小休一
下。記者隔著櫥窗看她點煙，可能煙税太重了，
抽了幾口，那根煙就燒光了。她進來咖啡店，坐
下來：「唉，今天特別疲倦，整個下午講個沒
停。」安頓好手袋、黑咖啡和iPhone，整理一下
黑外套，舉手投足都看得出工作的勞累。記者一
張口就問她《小事情》是不是真的適合中學生閱
讀，她立即精神起來，反問：「有甚麼書不適合
中學生閱讀？」嚇得記者往後移了半分。

　　原來陳慧中四那年，已經讀完《金瓶梅》，而且她是在學校圖書館找來的：「總之全部都讀完。當然讀不明白，這對我來說，一點都不重要。」這習慣是她當年的老師培養出來的。閱讀本來就是漫長旅程，從她中學生涯的第一天開始，「老師就給我一本我覺得很深奧的書，跟我說『這本書好看，你看吧』」。接著，她就會看更多深奧的書：「當你有天發現，原來作者有這麼的一個（寫作）高度時，你也會跟作者同樣有個高度。」閱讀在她看來，從來不是幫助寫作的，這時她雙臂擺個大交叉：「閱讀和寫作真的、真的、真的沒有必然的因果關係。」這說法打了多少教育家的巴掌？一時數不清。陳慧認為，閱讀不應該只是為了寫作，它是探索世界的技術、方法的發明，以及理解力訓練的步驟：「我真想問，到底我在甚麼世界！誰搬走我的香港！」「香港」當然是指她那些年的「香港」吧。

用錯力的教育

　　陳慧終於陳慧起來：「你將來想當爸爸嗎？問那個問題怎可以當爸爸。」她仍在追究第一個提問。記者托托眼鏡，掩飾眼神後，辯護「那是社會普遍的成見吧」，陳慧嘆了口氣，覺得整個教育界對「閱讀」這回事都「用錯力」，記者補充這或是教育制度改革後，重視量而變相不重質的結果，陳慧則覺得學生在少年時代，本來應及早接觸描述大人世界的書：「狄更斯、卡夫卡……他們寫的從來都是我們小時候不曾接觸的世界，我們卻

會把這種書全部讀完。優質的閱讀標尺應該要定得高。」她覺得今天教育界所鼓勵的閱讀生態，與「標尺」無關：「閱讀不是（要學生）讀甚麼！」

談到寫作，陳慧寫書向來是為了「整理自己的衝動」。若非《小事情》上了書榜十大，要為頒獎禮準備講辭，她也不會重讀這本書：「整理衝動後，我不會再看。所以有許多情節都已忘記了。這次我也只是隨意翻翻，看到最後一個故事，才知道上次去講古（四圍講古）那個故事，和我書中的這個故事差不多，場景又是茶餐廳，只是人物不同……」陳慧講古當然是老行尊，記者轉述不出味道來，總之故事講述一個女子深夜在茶餐廳點了炒白菜，搭枱那男子點了肉餅；男子接了個來電，不方便讓陌生人聽見，走到店外接聽，女子盯著肉餅：用筷子偷一小塊的話，不易察覺的吧。

不一定是愛情故事

「男子在店外一直看著她，看得出她很想吃；他覺得無論肉餅被偷了多少，也沒所謂的。只是女子自己在掙扎。他在想，假如她真的夾了一口，他坐下來時，會夾她的白菜。故事就是這樣，兩碟小菜兩個人，誰先走出第一步，便會相識。這不一定是愛情故事。」記者聽後形容這就是陳慧的智慧，陳慧也回應說這就是陳慧，然後攤開雙手，掌心向天說「沒甚麼」。

不過，她也有相對脆弱的時刻：「曾有讀者跟我說，很喜歡我的《拾香紀》，一晚就讀完了。」說了這經歷

後，她扁嘴，話不説下去，咖啡不喝一口，空氣死了好一陣子。過了一會，她才説：「我心裡是不舒服的。書沒錯是字字淺白……」只花一晚就感受了香港幾十年歷史的沉重感，這的確是個令人傷感的讀後感。

至於她最近發表的，都是跨媒體作品，例如年初在香港文化中心演了五場的話劇《一千零一夜》，劇本就由她小説藍本改編而成，劇團宣傳時，也提及這是陳慧尚未出版的小説。問她為甚麼不同步出版，以為她背後有更具野心的出版謀算……

「寫得切先得㗎，哥哥仔！」原來那是劇本創作，寫了三萬多字，她交的稿較接近是分場的、段落式的文本：「我不想這樣出版。」於是，觀眾看見的是小説將會出現的人物與情節。另一跨媒體作品，則是將在今年書展發表的許志安音樂創作，以她四個短篇小説發展為四首歌……那麼，小説呢？她打了個比方：「仍在用湯匙挖牆。」看來要再等一段時間，方可「穿牆」成功了。

社會太多結論

談到她在facebook一段status，問她對陳光誠的看法：「沒有看法。我是誰，我沒有這種提出看法的身份。我不能接受的是，當我跟你説『看法』後，沉重了一會，忽然問『接下來到哪裡吃飯』，簡直精神分裂！」她所指的是那些不斷share的網上反應：「今天這個社會就是太多結論、太少討論的社會。」她形容這個當今中國，是個不斷製造「異鄉人」的國度，今次輸人又輸陣，而

陳光誠是被美國「抽水抽到乾」的新「異鄉人」。這名異鄉人的下場，是令她坐立不安的。她說，她只能這樣描述。

　　至於幾時用facebook，她已忘確切年份，並說「未見過的人她不會add」（粉絲請留意），臉書朋友只有二百幾，不多不少，它是跟老朋友敘舊的地方。她最近在status寫過的「天天向上」，以前陳慧沒這麼正能量：「現在我會帶notebook在身邊，不帶火牛，電池有一兩小時的命，我就用那命來寫一兩小時，結果那一二千字可能只有幾百字可用，就幾百字好了。」她所指的「天天向上」，意思是求寸進，不停滯：「教學的確花了許多精神和時間，對寫作來說，卻是有很大的幫助。」她還會跟自己說：「我不可以被打敗！」今天，她不但沒有被打敗，還破了自己的天荒，以作品攀到不是每個作家都可攀及的地方：「才七千多票，全港有幾多學生？」她眉頭一蹙，記者傻得幫她計算。「你看，其實不算多。」沒錯，不被打敗的那張底牌，就是不自滿。

　　陳慧有許多作品都是「改」成的：字寫了幾萬，刪幾萬，再寫幾萬。最近她做了個決定：「我要把第一人稱（敘事）改為第三人稱。」她說的是新作《素貞》，一部幾乎可以排版的新書。陳慧就是這樣：作品寫好了，再看，就忍不住要刪，幾乎重新寫過。《素貞》是她新作，人物取自《白蛇傳》：「原作者很厲害。蛇在中外文化來說，都是最低賤污穢、象徵罪與魔鬼的動物；化成人身，卻竟以人最高的道德目標命名。要做到白、素、貞，最純粹的，沒其他的。」我打趣問「有報恩情

節嗎」，陳慧幾乎悶哼一聲：「不是改編，只取人物。」自傳統小說獲得滋養，思考當代處境中的人物，一如她在《愛情戲》寫祝英台，總有點令人誤會：「《愛情街道圖》我明明寫香港焦慮，為甚麼全世界都把它看作愛情小說？」沒錯，有太多人只看書名不看書。

寫作這回事，陳慧覺得黃碧雲說得好：「邪靈召喚」；陳慧說自己是教徒，還是形容這狀態是「聖靈充滿」較好：「本來在枝節的角色竟會忽然告訴你，他／她才是主角。」聽來很靈異，她再加個比喻：就如穿越牆壁一樣，隔壁就是世界；而你要做的，就是在牆的這端穿過去，發現另一個現實，讓讀者都相信那個現實就是真實：「我是虛榮的」，她說。一談到穿牆，陳慧就不得了，大衛高柏飛的長城魔術、西藏牆壁裡的跑狀骸骨……把話題的布拉開半小時。

在流行與非流行之間

「香港的流行文學其實都不是真正的流行文學，因為只是流行，並非是文學」，陳慧認為真正的流行文學是有內涵的。同時，她對書店分類也有看法：「你擺我在『香港文學類』或『流行文學類』，我都不自在。而香港的『流行文學』，質地上，跟日本的、台灣的，實在相去甚遠。」關於香港文學，她好像有話要說：「為甚麼出書後沒有評論？」我故意問：「你在意評論？」「呃，我不是在意如何評論，你搞清楚這問題。我是問：為甚麼大家不評論。」至於香港文學，「沒人會把我歸類為

香港文學。」就是她所指的「沒有評論」？一般讀者讀
陳慧作品，都當它們是愛情小說，誤會就這樣來了，於
是就「流行」起來了。的確，在她這一代作家，沒太多
「香港文學」能改編這麼多電影與劇場作品，看上去很
「流行」，很「老少咸宜」。不過，假如你讀到〈真稀
離婚〉，你會讀到沒有房子的香港男子的悲哀，而這是
1999年的作品；十多年後的香港男子一樣活得不怎麼有
尊嚴。

民女與〇三

問她新作寫甚麼，她問我ifc幾時建成，那年發生甚麼
事。問她電影工作怎樣影響她，她問我有沒有看過她以
前的訪問。「當年（2003年）你沒回應。現在應可以說
說吧。」

別以為我可得逞。總之，你問她問題，她問你兩個問
題。「民女呢？」彭志銘曾在宣傳語這樣稱呼她，影
響力不小。不過，陳慧還是端來無情雞：「都一樣，no
comment。」

我跟她說，看她的小說，好像看不出是受誰的作品影
響，乾淨得非常奇怪。自言睇《星晚》長大的她，形容
自己是山羊，吃紙的；也許這就是陳慧力量：不受閱
讀經驗左右，又或過濾得乾淨，發明自己的書寫。至於
腔調，她有這種看法：「腔調是故事自己的。它有自己
的節奏。至於怎樣而來，你控制不了。」她那乾淨的腔
調，或因不斷修正而來？「其實我聽不明白你所指的『乾

淨』。」我試著解釋，她說：「不用跟我解釋，這可是你的看法。」一如她在香港演藝學院教書：學生不明白「戲劇」是甚麼，就請他們用二百字寫戲劇是甚麼。他們會發現不外是剪貼資料。難道戲劇就等於他們所剪輯的嗎？於是，他們會再思考。

只有寫作，不論形式，都定可發現隔壁是甚麼。牆壁其實不那麼厚，「寫作就是種發現。」她尊重每個有看法的學生，她相信寫作的力量。

又談起新作：「不要逼我，萬一我說過的寫不出來，怎麼辦？」我是魔鬼，如蛇一樣的繼續試探，離開咖啡店前，她還是屈服了，拋下「沙士」兩個字，叫我不要再問，匆匆拔起手袋要離開：「就這樣吧。」

多謝郭啟華

在唱片店看到香港作家寫的小說作品（不是小說改編電影），並以書本作為主體，則應是香港紀錄了。記者在唱片店買了陳慧《學愛》，書腰（書封面宣傳帶）沒有宣傳語，設計簡約而精緻，唱片躲在封底。書薄薄的，內文書紙厚，竟採用了穿線的裝訂方式，這是基於用厚紙張疊起來的書容易脫頁的關心，可以想像統籌這個跨媒體創作的人有多專業。至於封面照那個人物，稍不留神，甚至未必能一下子認出是誰。沒錯，封面照主角是許志安、人稱安仔的本地歌手。

灣仔在十號風球後仍帶著雨，再與陳慧相約在有她時

常「駐守」的咖啡室,見了面,談了一個小時,不斷說要「多謝郭啟華」。她親身見證從事音樂工業的人,如何看待一次跨媒體創作:「這完全不是只玩形式的。」陳慧幾乎要為《學愛》的出版效果而喝彩。

小說共四篇,關於四個來自不同背景的男子。陳慧寫她想寫的,沒有任何創作上的顧慮。報稱不算是安仔粉絲的陳慧曰,觀察安仔這麼多年所唱的大多是自己的故事,今次一改他一貫的作風,為這些故事裡的男子代言。那麼,她的寫作應是得心應手吧?「第一篇寫的是〈愛徒〉,不很成功。」原來在寫這作品前,她剛完成《字花》香港回歸專題「半回歸紀」的稿約,以當年流行的一齣動漫《鋼之鍊金術師》中「等價交換」的概念來說故事,似對回歸後的中港關係有所暗示(仿陳慧語氣:這還用說?!),是個非常殘忍的隱喻。「那篇是用女性角度的,末段寫到女主角的狠。寫完之後……我甚少把角色寫得這麼狠,今次……嘩!」那時是學期末,是她最忙的時間。接下來就寫〈愛徒〉,這是用男性角度寫的,「我是享受的,那種視角可以令我冷靜一點」。當然,陳慧所指的「不很成功」,是她對自己在創作上的自我要求,例如篇幅和節奏,她希望自己能拿捏得好,也不想為音樂創作者添煩。

保留那種狠

她寫的都以一個主題來演繹:有些事,他們仍要不斷學習。小說男主角都在學習,卻總是學不會。陳慧也沒

有點明他們到底在經歷那些小說情節後，對愛情（其實是人生）抱更大希望，還是索性苟且過活。記者以男性讀者角度閱讀，則讀出陳慧仍保留那種「狠」，只是狠得夠冷靜，是一般讀者也許不會察覺的、大家「心照不宣」的那種狠。小說〈後門〉則是女主角片刻外遇的小故事，配對的歌是派台歌〈心照不宣〉。故事不便劇透，卻讀出陳慧小說的詩意：「哈！這當你是稱讚我了！」機智佈局與精密安排是少不了的，還有個迷思：男性要學習的一些事。

　　至於小說〈T〉的配對歌曲〈旁門左道〉，藍奕邦以口語入詞的歌，並非安仔一貫的歌路，聽來不很習慣，陳慧說，原意更激，他們卻怕影響小說文本，最後調節為現在聽見的版本，並為安仔多開一條歌路。小說〈心如鐵〉配對〈睡火山〉，由林夕出手。小說〈愛徒〉配對〈牛仔〉，林若寧填詞。這陣容的合作可謂一時無兩，難怪消息在娛樂版出現時，也必定提到陳慧小說。

　　陳慧以往寫作都經歷多番修訂，今次卻沒怎麼修改過，看來陳慧改變了。記者沒有問陳慧有沒有刻意求變，卻因參與跨媒體創作，她寫得更多，令記者想起香港曾有百家爭鳴的美好日子；今天（但願不）僅有陳慧一家保持這種靈活與美感。說到底，要感謝郭啟華的何止陳慧或安仔，還有讀者。

在中學出書之後

訪問黃怡

赤柱老樹壓在少女身上，偶發的社會病，奪去兩
條生命。當時仍在念高中的黃怡，已是小說專欄
作者；她的小說因應生命循環的悲喜而起，因應
時事材料的紛繁而生，文章何以如此凝靜、不喧
鬧，激動何以如此隱伏、不躁動，時而冒出歷盡
年華的蒼涼，時而保持年輕好奇的疑惑。俞若玫
初讀即好奇地問黎佩芬此子是誰，許迪鏘則問此
人自哪裡獲得養分，更有人懷疑是某作家另外的
化身。

　　黃怡父親是園林建築師，母親是壯族姑娘。這個植物與他族的混血兒，小學讀三毛《撒哈拉沙漠》已覺得「世界的存在是因異國的看似不存在而存在」，初中讀Lois Lowry的 *The Giver* 更認為「那個逃走的繼位者知道『知識』在那個（小説）世界只會帶來痛苦」，漸漸建立與他人不同的世界觀，醞釀力是如何驚人，到高中才有併發現象：《據報有人寫小説》是黃怡獲試稿機會後的實踐明證，也是她人生的第一部書。

　　黃怡正在經歷自女孩長成女子的重要階段。她幾乎是純女校血統，女校之路由幼稚園到小學到後來一條龍直升聖士提反女子中學。這所歷史悠久的學府，初中中文科竟有創意寫作：「當時年紀太小，覺得要在這塊拿高分會好『有型』，於是決定要寫到『爆簿』！後來當然覺得這很傻啦。」學校也有提供寫作班，例如關夢南、董啟章與王貽興主持的，她上過課。高中時代，許多同齡人都戴有色眼鏡：「那些有顏色的隱形眼鏡呢，我是注定理解不來。有次我陪朋友參與動漫展，看見cosplayer左眼佩紅色，右眼佩藍色，我懷疑她到底能否看清世界。朋友回答説：她的世界是正常的。」這些機智的詭辯，常常發生在她與朋友之間。

選了社會科學

　　「唉，我們的瞳孔本來是多麼的自然、多麼的美……」她理科出身，翻過牛眼，劏過老鼠，在香港大學卻選了社會科學。首年任報，次年才選定學科，讓

她見識更多怪人：「有科叫Body, Beauty and Fashion，結果有三分之一是男生。有次講師帶來一袋芭比娃娃，答問題的學生，無論對錯都送一個；課上就有個男生，收到之後，把那個盛著裸體芭比的透明膠袋，放在左臉臉頰似乎興奮得要尖叫。」女同學和她也在課上收過這裸體芭比，都囧起臉來，噗的放在椅旁。「我把它帶著，就像帶了個私生子回家。怎麼了？要我買衫給它嗎？至今我仍未想好如何處置。」在高中的書寫日子，真實和虛構已非她關心的小說課題：「有人比喻寫小說像說謊，說明小說含有虛構成分。然而，說謊既非全然虛構，它的意圖又與小說有別⋯⋯」比喻這種手段，本來就不能把道理說得更清楚明白吧。黃怡在小學常常讀童話的原因，非因公主夢，而是「如果」：「那些結局，讓我想『如果』這樣下去，會發生甚麼事。」至今，她所寫的小說也是基於許多「假設」；「假設」的話比「撒謊」更吸引、更具威力。

在成長年代讀哪份報紙

以往，香港作家尚有日報（劉以鬯所編的快報副刊）、晚報（關夢南所編的星島「文藝氣象」）、文學雜誌（葉輝組稿的多份雜誌包括《作家》）、文化雜誌（新報Magpaper）等一大片報章雜誌園地筆耕，也有經常發表中學生作品的學生雜誌（陽光校園、明teen's）。黃怡成長的年代，發表文藝作品的報章園地早已沒落。旋起即滅的文化與文學雜誌更只作鎂光燈式

的剎那發亮。至於副刊，黃怡最初發表的年份，有關「八〇後」討論尚未展開。黃怡仍能在這環境中涉足文化周報（明報「星期日生活」），十七歲便有小說專欄，並能持續發表年餘，原因可考《據報》書末。

她跟隨周報主編定題方向，每逢星期三，她都捕捉一周時事以裝備小說：「Michael Jackson逝世那天，早上七時，我聽見電台消息，還以為是假的。如果這是假的，我能不能寫？如果這是真的，我又可以怎樣寫？」黃怡的寫作日誌是這樣的：星期日至二不斷讀報、聽新聞，星期三定題、整理筆記，星期四寫作，星期五睡覺：「我在化學課上睡到連同學都覺得我太過分，常偷拍我在實驗室睡覺的樣子放上facebook。結果當然報應在成績上。」同學也知道她可能寫MJ，紛紛前來「慰問」。「可惜我真不會寫，於是沒寫。」在廣泛傳播的時代大事與小題之間，她選擇「小題大造」，不介意那些關心MJ的眼睛略過她的小說。她並非那種要鎂光燈往自己身上閃亮的作家，如果「成名要趁早」論是許多年輕作家的慾望魔咒，那麼黃怡應該可以說是一直在這咒語之外。在文藝創作方面，她保持清心寡慾。

十九歲出書的可能與神聖

黃怡重視文本細讀，自然沒有所謂的「最喜歡作家」。她認為作家一定有寫得好的作品，也有寫得不太好的作品；只要懂得喜歡好作品便足夠，記得作品的好，而不只是作家的好。提到閱讀習慣，她拿著其中一

本，雀躍地說「一本好書會讓我想擁有兩冊：一冊用來收藏，一冊用來翻閱！」平日出外都帶「書袋」以備隨時讀：「《心的全部》（劉芷韻）是鄭潔心介紹我讀的，它讓我知道十九歲出書的可能與神聖。她還介紹我讀兩本書。《好黑》（謝曉虹）讓我知道原來書不止是鋪陳文字，還需精美而具心思的排版，並讓我明白，到底怎樣處理陌生感；《寧靜的獸》（韓麗珠）有篇作品寫『電芯工廠』，它讓我想像在辦公室的孤獨者怎樣不斷打字，而背後有重重的百葉簾。」她對作品的追求與熱愛總是如此純粹，沒有任何雜念：「許多作品（在內容上和形式上）都不能超越的。」面對「不能超越」的作品，她又會有想超越的渴望嗎？她想了想：「不能超越就是不能超越—怎能用最簡單的文字來表達最深刻的意思？我做不到。」她選擇了欣賞別人，而非與別人較量。這種沉實平和，在這浮躁世代又屬難得。

《據報》編輯過程當漫長。黃怡在高考前得悉作品獲藝發局資助；高考放榜後，她與責編在「報紙格局」下編排文章次序，例如把民運的時事小說放在「法庭」欄，不放在「中國」欄，意謂民運就讓時代來審判，而非交由已有國度的權力檢視；有關土地政策的時事小說，放在「好盤難求（資料由客戶提供）」那個括號內的客戶就是政府，暗示近年驚人現象如政府公關稿如何湧現於報紙上。她獲香港大學收錄後，得知獲青年文學獎小說組冠軍，各種激動都為書注入更大的動力，嘗試加入各則與小說相關的時事短述，讓讀者知道她因應哪些事件而寫，知道觸動她的事故，重新檢視日益荒誕的社會。

以書寫工藝呼應荒謬世代

訪問俞若玫、亞文諾

2010年6至8月，立法會行政暴力與語言暴力受人非議。我們得感謝這群至高無上的政客，讓女作家俞若玫在這年代有關寫作憂思，不再純粹為自身創作處境而煩憂，以最溫柔的手段——寫作，嘗試以書寫工藝呼應當今的荒謬世代。她的這團火才冒起，八〇後的「故事人」亞文諾則對社會已感無望，以「不一定要住在這裡（香港）」的準備心態，躲開荒謬感予他的無奈和絕望，投入寫作。我們身處暴烈之城，巧遇兩位在香港書展出書的作家。入世與隱世，前世與今生，在對談之間交織香港新世代小說家的新處境。一切可從當代媒體空間談起。

俞若玫出道時，從事傳媒工作，記者身份為她帶來與別不同的發表空間：「《星島日報》副刊當年（九〇年代末）有個飲食版，編輯說，不如在這版面玩玩些新意思？於是我們就在食物資訊一欄旁加一則小小說。」亞文諾與筆者聽見都呆住。「《小東西》第一輯的作品都是這麼完成的。」媒體空間容得下這種文學嘗試，當然不算是新鮮事，卻竟在飲食版寫小說，於當今小說作者新人而言，實在叫人羨慕。在傳媒工作，間接讓她擴大書寫空間：「當年彭浩翔、我和深雪合寫商台劇本。深雪寫的太過『女生』，看來難配合；我還算知道要怎樣寫，不過見彭浩翔落筆，今天回憶起來，就知道他開始紅、漸漸紅到更紅的原因了。」當年廣播劇推出後，彭浩翔寫的部份很受歡迎：「我寫的完全唔得啦！寫劇本就要有些『麻甩』。也許與性別有關，有些較狠的笑位，我是寫不出的。」俞若玫早在這偌大的書寫國度不斷嘗試：「我知道我不是流行作家。」

亞文諾：很想完成一個作品

畅銷作家所需的條件：懂得如何令作品流行起來。亞文諾對此頗感興趣。他從文學獎出道，2004年獲中文文學創作獎亞軍（冠軍謝曉虹）。「我一直都有寫作。」往後，他的創作都獲文學雜誌編輯垂青，不斷發表，常在《小說風》、《字花》等讀到他的作品，可謂正在經歷傳統文人的寫作歷程：投稿文學獎、獲獎；投稿、接受約稿……發表機會並不在大眾傳媒，而（可能）朝

生暮死的、一本本受資助的文學雜誌。這路子對這位期待可暢銷的作家來說，看來不是「正途」。亞文諾就是予人「估你唔到」的感覺：「中學畢業後，我花了兩年時間學設計；學完了，才發現自己根本不是設計的材料⋯⋯」而學設計的源頭，是因為「很想完成一個作品」，卻發現行頭要的是「設計員」，而不是「設計師」：「既然無法完成屬於自己的作品，而這工藝又不是我所長，於是就開始寫作了。」俞若玫蹙蹙眉，看來心裡「嘩」了一聲；筆者則感到意外：這明明在許多人眼中算是浪費青春的，怎樣亞文諾說得如此淡然。「寫作可讓我完成屬於自己的故事。」亞文諾就是這麼純粹。在《走著瞧》這部六人結集中，有他在《字花》發表的一批作品。六人之內，他形容自己「甚麼也不是」：「其他作者幾乎都讀中文系出身。」總怕在一些發佈會上，不知道要說甚麼才好。

　　據筆者觀察，他與俞若玫一坐下來就說個沒停，置筆者於事外似的，看來不會不知道說甚麼吧。最近，他收到藝發局評審員、小說作家薛興國先生所寫的書評，嘉許他首部小說創作《獻給上上》，會不會讓他增添一點自信？二人說個沒完的話題，是「創作與生活」的關係。俞若玫相信創作總與自己生活的地方相關。近年，她活躍於參與社會運動，有時更會策劃一番：上海街「活化廳」的古靈精怪、檢視公園規則的freedom ball、在不同舊區替人寫信的「快樂行動」⋯⋯都探討著許多地區生活的可塑與局限。在《小東西》新編的五篇作品裡，可讀出不少體驗社會的想法。

俞若玫：並不是每個人的故事都能寫出來的

「我們真可從作家作品中，可讀出作者生活嗎？」亞文諾卻在唱反調。他的生活有點「卡夫卡」：日間文職，平日躲起來寫作：「同學常叫我出來敘舊，朋友常叫我出來玩玩。他們遊說我：『寫小說要多聽別人的故事吧。』」俞若玫也常聽見一些「偷聽別人交談」而寫作的說法，卻更好奇他的寫作習慣：「為甚麼不想聽（別人的故事）？你是怎麼寫的？」「並不是每個人的故事都能寫出來的。」俞若玫猛力點頭。於是，他所寫的都與生活完全無關：灰色、死亡、排除因果觀……「算是驚慄故事，卻又不一定的。」沒錯，筆者常向亞文諾約稿申請資助出書，一次不成功，他可拿另一本書來；另一次不成功，他又再拿另一本書來，書稿總是源源不絕。亞文諾的「謝絕探訪」，連網上生活也如是，可說是與俞若玫成了一大對比。如果你是俞若玫facebook「朋友」則會發現她的活躍程度，一如剛入學的大學生：每十分鐘share一切與社會現狀或怪狀相關的信息，「讚好」以數十計。

社運與寫作

「近年多參與了與社會運動相關的事，整個人都在改變。」俞若玫在創作《小東西》的年代，只管忙工作。當年常到上海工作，公司安排她乘搭飛機，她是拒絕的。她選擇路程較長而不影響工作進度的交通工具—火車，為的是爭取時間寫作：有趣的是，這種高速書寫並

沒有讓她展露文字疲憊（詳見某種專欄作家），在有限的時間內，反而讓她長話短說：「我（當時的）寫作速度不低，幾乎想到甚麼就能寫甚麼。」因此讀者都認為她文字工藝精巧，讀來爽朗。《小東西》大部份作品就在忙亂中擠出時間來寫：「我連開會都寫的。」可謂神奇！俞若玫曾開辦廣告公司：「傳媒人脈為我帶來一些方便。」她的長相確像創業分子、CEO：「當初很會為人推廣、宣傳。可是自己的小說……我總覺得還是寫得不好，不懂得如何把自己推廣。」她戲言日後要看出版社的表現，筆者則只會寫「不像廣告」的文字……這時，亞文諾延伸了話題：「到底流行小說是怎樣流行起來呢？」大家都知道金庸、倪匡、亦舒等人出道的故事，我們卻總是捉摸不到「流行」的界線。「博益當年有編輯來電約稿：『喂俞若玫，你不如寫幾本流行小說。』對方開了幾個類別：玄幻、愛情……」她試筆過後，還是覺得自己掌握不來，拒絕了對方。不久，對方又來電，說「俞若玫你寫甚麼也可，寫兩本吧」。筆者常聽出版業同工分享博益當年袋裝書成本小利潤高的故事，難道要有資本才可多做點實驗？後來，《7086》和《六角園》都推出了，銷情一般。

在「連博益都要倒閉」的年代

筆者明白亞文諾關心的是，成為暢銷小說作家的條件。還得靠作者不斷寫。起初一兩年寂寂無聞，只要你能每月一本或雙月一本，佔據書架位置，自然有人追

讀、補購。筆者是這麼想的。在「連博益都要倒閉」的年代，風格獨特的作家，看來需要有如亞文諾那種勤奮，靜待時機。

亞文諾從投稿、獲獎到申請藝發局資助出版首部小說，俞若玫經歷出版業的茂盛與轉型，至今仍有出版社樂意為她出版作品。出發者與重新出發者，都在這日漸朽壞的社會，不斷創作小說。這已不是「酒徒」新移民的逝水年華，而是可隨時考慮「走佬」的絕望時空；也許正因如此，這時空才會出現介入者與逃離者所寫的好作品。時代之禍帶來文藝之福，我們應該鼓掌還是默哀？就讓我們繼續誠心低頭，靜默，與寫作。

導演旅人

訪問趙崇基

故事是這樣的：有天，黃子華與導演通電話，交換近況。導演提到自己身在南美。他以為是戲言，回應說自己也去了南極吃早餐。後來才知道，導演是認真的，以書為證。他收到稿子後，不得不在序言，贈個「服」字。教黃子華嘆服的導演，非因電影作品，也非因他曾在自己的電影充替身，而是因為寫了一本書：《南美·藍美》。

趙崇基是香港資深導演，與文學有段姻緣：「當年，我要入讀台大外文系念書，只因讀了張系國、王文興和白先勇的小說。」這種朝聖方式看來太不講理由吧。「讀過他們的小說後，實在好生羨慕。」求學時期，正值楊德昌、侯孝賢等冒起的年代，文化氛圍讓他更容易「誤入歧途」：「我有寫作習慣，主要寫影評，也有寫小說。」難怪《南》的文字工夫如此紮實。他加入了台大「視聽社」，主力搞電影，相信就是他投身電影界的重要線索了。趙崇基寫作這書有兩方向。

《三個受傷的警察》

首先，是怎樣用導演角度觀察：「拍戲，就是拍人。我深信有甚麼人，就有甚麼故事。旅行時，到了某處就算甚麼也不做，只要不斷觀察四周的人，也會有很大的收穫。」看過書後，你也許會暗地佩服導演之眼。接著，就是用電影技巧寫作。讀者不難發現，這書高超的「鏡頭」技巧。我們往往受導演引領，讀出「演員」如何在巷間窮追一個搶了相機的小孩，深入利馬（秘魯首都）的民居……後來，他跟我說，那種行程適合平均年齡廿六的人。看來他的腿力，的確為他帶來不少刺激經歷。許多只談飲食的專欄作家，寫異地體察往往行有餘力不足，將旅遊官能化；「詞窮」倒不是最大問題，哪管有些人只管「鮮活」、「咬感」到底，有時言之有物，讓我們讀到作者素質，已算是對文字要求的「安貧樂道」。於是，我們可以想像，一個曾經執筆寫小說的

作者，有了電影經驗後，寫作遊記時，怎樣予取予攜：「在香港拍電影，要表達信息是多麼間接，多麼婉轉。當時拍《三個受傷的警察》，我其實最想說的是有關九七的想法。可能因為我一直想拍政治電影，可惜香港觀眾仍然視電影為娛樂。如果打正旗號，不會有市場，自然也不會有投資者。不要緊，既然我參與了這行業，自要遵守它的遊戲規則……今次我寫書，最大的發現，就是文字與影像之間的關係。原來，寫作可以如此痛快！」提到巴西普選，念念香港：「為甚麼在我們眼中較落後的國家也有普選？」沒錯，在文明社會愛之深，自然對野蠻政權責之切。

南美文化戰爭

他遊南美的方式，大膽得讓人咋舌：「旅遊從來是個人的事，與朋友一起組團並不是不行，不過總要互相遷就。我更不想跟團。我受不了那種祭祀式的行程一到了哪座山就拜一拜，看導遊念念有詞……都成了儀式似的。」他花了個多月準備自己的「行程」，卻偏沒為第一站之後排序：「我只準備了第一站的旅館，其餘的都沒安排。」他不想限制自己幾時離開。這是種沒完沒了的旅遊方式啊！還好，原來他只是不排次序而已，並不是全無章法：每到一處地方，都結交一些新朋友，新朋友自然會為你引路，又或在事前請朋友找找當地華人僑民，看看如何照應。這是多麼聰明的旅遊方式！「我們在異地旅遊，總會容易看出別人的好；如果是暫居的

話，或會看得更全面。」換言之，他其實想在每個停駐的地方，都有文化觀察的收穫。

於是，我們讀到他寫里約人與聖保羅人的文化「對戰」，聯想北京與上海之間的「恩怨」：「里約人似playboy，光愛玩，成天賴在沙灘和球場，不事生產，不愛工作，卻擺出一副驕傲相……聖保羅市，一個甚麼都沒有的城市，除了公寓和工作。」於是，我們就算在書中發現當地的飲食資訊，都能讀到當地人親述的文化痕跡，並帶點思鄉情意。我們又會讀到他寫當地人的豁達。他看見南美各國生活條件不高，治安也不穩，當地人卻總是快快樂樂的。他也受這種氣氛感染，路上也有模仿他們舉起大拇指，彎起嘴角的招牌笑容：「他們對未知世界的豁達，並非天真，而是打從心底所散發出來的快樂。」正如有些人認為巴西人常遲到是問題，他卻認為這種緩慢與豁達是互為因果的：「從塗鴉也可看出他們對生活的想像空間，比我們更大。用色大膽而協調。」他常認為藝術是互通的，相信總可以在生活細節發現詩。

經常觀察與自省的、愛讀小說的導演，已具備了成為好作家的條件。他希望每篇文章都帶個信息：「不純粹是對讀者的，還有對自己的。例如那次在拉巴斯（玻利維亞首都）被人偷去背包……回港後，我不時想這『問題』：原來，我也會像其他人一樣，緊張自己在旅程中拍下的照片，緊張『記憶卡』的去向。其實，所有回憶你都可能會遺失的，那（記憶卡）只是個實體而已。真正回憶，應在自己的腦裡。」思維素質與文字功力，看

來是讓《南》精緻而深刻的原因：「其實我之前是個很自我中心的人。導演較容易成為這樣的人，就如大陸有些電影導演，你會從電影裡，讀出他的氣焰。不過，我所說的自我中心，並不是指這類（炫耀自己的），而是……唔，我較容易活在自己的世界，常常用自己的角度想，好聽就是ego，難聽就是自私。到了玻利維亞烏尤尼鹽湖，看見那些經歷幾十萬年沉澱出來的鹽（地），你就會發現，自我有多重要。天大地大。」

他與設計師阿Vik和阿B非常合拍：「在書中，我不希望照片與文章有完整的呼應。」從書的編排方式或可發現，他在建議大家放棄那種一般的旅遊態度，建立另一種具美學探索的、尊重異地文化的態度：「你看到我把POV置前，其實就是想說明態度了。」還有茄哩啡、動作片、明星、場記、搵景等部份，正好呼應他提及的「導演角度」。時維2010年，他正在拍攝《一路有你》（古天樂主演），講中港兩地貨櫃車司機的愛情故事。導演會不會繼續寫書？下一站：伊朗。

一個人去波蘭

訪問羅展鳳

2010年某夏夜，我沒有跟受訪者用任何形式相認
（這年代不用玫瑰，只需手機）。我想像她應會
站在電影書架前。這個沒有暖意的春天，應會為
她披上秋裝。帽子呢？我猜她是個愛戴帽子的作
家。在Kubrick書店穿梭了幾回，專心尋人。最
後，站在書架旁，舉起手機投降，正想撥號，有
個戴粗框眼鏡的女子便走過來，喚我全名。那敏
捷的語音，讓我親眼看見這個溫婉而雍容的文化
工作者——羅展鳳。她《必要的靜默：世界電影
音樂創作談》（下稱《靜》）的角色，是作者、
編輯、校對……她甚至是整件事的任何角色：採
主、記者……不對，她並不是記者（reporter）
。記者不會在自己的書中，逼自己完成下一本
書：「二〇〇四年，我下定決心，在《映畫x音
樂》末處，白紙黑字寫明，要做這件事。」她不
是記者。「這件事」，就是她如何按個人喜好，
約見電影配樂家，爭取機會面談，叩問創作音樂
方面的想法。

　　我們不難想像，若有記者採訪電影配樂家，定會先從電影作品、導演等談起，然後才會提到音樂家的個人成長與經歷，頂多再來「哪齣電影哪一片段打動你」之類的情深採訪。《靜》則沒有這些包袱：「奇斯洛夫斯基逝世十周年，所有媒體都做Zbigniew Preisner的訪問，內容都環繞音樂家與導演之間的關係。我問自己：他們都做了，為甚麼我還未做呢？」稍後，甚至連《號外》都做了。請別誤會這是她爭先恐後的焦慮：「我曾承諾自己要做這件事的。」沒錯，《映畫x音樂》就是她要實踐的承諾。那年，她未有正職，只兼任教職和寫稿。於是，她一鼓作氣，度好行程，遠赴波蘭。

　　怎樣懷著個人愛好的感性與執著，從電影藝術愛好者的狂熱分子（Fanatic）身份，過渡為閱聽人研究（Audience Studies）工作者，保持文化研究的理性與明晰：「先有導言談談目的，然後是音樂家簡歷，才進入訪談內容。接下來，列出音樂家重要作品，最後是我的感言。」她要做的「這件事」其實相當繁複。

　　「我覺得我是幸運的。」正如潘國靈在序言所提：「心願償了，展鳳你還想怎樣？」甚至有朋友說：「羅展鳳，你可以去死了。」摯友都這麼反問她、「祝福」她。提到自己如何拿著書，根據導演在自傳中提過的學校、場景……我耐不住內心的妒意：「這其實是很浪漫的……」「對啊，應該早就要做。」提到朝聖，她笑得特別甜美。可是，過程其實不算順利：「他的經理人，住在倫敦。我抵達波蘭後，旅途差不多要完結了，忽然收到電郵，説Preisner可接受訪談，不過只有一小時。

於是，我不得不更改行程，計劃從華沙（Warszawa）到克拉科夫（Krako'w）找他。這趟車程有五小時。」不久，另一難題又出現了：Preisner要求訪談時，有波蘭語翻譯員。她對波蘭語言方面注定是葉公好龍：「我十分緊張，在MSN看見舒琪在，跟他説我身處哪裡，要做甚麼。他淡然地答：哦，是嗎。」她無助地跟舒琪説了狀況，不料他忽然靈光一閃似的，説有親人在廣州《南都》工作，男友是波蘭人，他哥哥曾留學美國，現職波蘭一家出版社的編輯，名叫Szymon Kloska⋯⋯

香港電影又會如何？

「生命有時是這麼奇妙的！我覺得我最感開心和踏實的，就是這件事！」看，羅展鳳是多麼幸運的粉絲。訪談期間，Preisner解釋為甚麼堅持用母語：「只有用自己的母語才能真正暢所欲言，真正舒坦。」羅展鳳對電影音樂的專注與關懷，是尋常人想像不來的。就連王家衛《2046》其中一個段子，挪用哪齣奇斯洛夫斯基電影，也逃不過她的耳朵。可説是：凡有Preisner到處，她都給你一徹底問過。相信哪位音樂家受她寵愛，就是哪位音樂家的幸運（從事藝術創作的孤寂，需要羅展鳳式的熱愛來調劑吧）。

在她眼中，電影配樂不是純粹配樂，而是種藝術創作：「Preisner提到靜默的重要。其實靜默在這書裡不止他一人提到，不過他提這詞時，令我特別深刻。他強調，電影音樂不只是聽音樂的一刻。不是有音樂（的電

影情節）才算是重要。」她覺得有許多音樂家在這方面都缺乏認知，或曰自覺：「我們以為電影情節總要有音樂配上嗎？我作音樂給你，你不用，我就要惱嗎？」羅展鳳心儀的這群音樂家，甚至會要求導演「可不可以不要在這裡放音樂，這裡是不需要音樂的」。因此，她認為這種互動的創作方式，確能讓電影產生藝術感。

正如張志偉在書序提到，電影配樂被視為「剩餘元素」，是（電影藝術欣賞的）「重大的盲點」：「導演選擇（或拒絕）某個配樂家合作是因為認為這個配樂家能了解（或不了解）其電影世界。」同時，配樂家也有選擇導演的權利與執著。羅展鳳的訪談成果，也包括這方面的拒絕：「我們常說的荷李活，是最主流的荷李活。最主流的特徵是：（規模與投資）大、誇張、張揚、語不驚人、煞食……那是大部份人想要的。荷李活有找他們（這群音樂家），只是他們夾不來。我相信是因為美國本土音樂滿足不了荷李活。」荷李活與藝術，看來不是對立的。然而，部份歐洲音樂家並非立即拒絕的，又舉Preisner為例：「《沉默的羔羊》第二集製作單位曾找過他，相信因為他曾得過獎。其實Preisner的音樂確可令電影提升一點（層次），可是後來發現，原來大家所要的根本不同。原來他們的確不能用這種音樂。大家搞錯了。」

香港電影又會如何？「這有許多可能的情況。可能是電影仍未重視配樂，沒資金安排在配樂方面，可能是拍完了，在剪與未剪（剪接）之間就擲給配樂，可能是不大尊重他們，可能沒安排樂手做配樂……」甚至有音樂

家為了讓電影能更完善而自資配樂！這種生態未能讓電影配樂成為藝術創作，是有它的歷史的。這正是羅展鳳接下來的計劃。

鄧正健曾提到《流動的光影聲色：羅展鳳映畫音樂隨筆》：「我敢肯定羅展鳳（跟她要訪問的電影導演一樣）也是一位詩人，儘管令她心醉的，始終是電影跟音樂相會的那個閃光交點。」（《藝訊》）如果讀者有讀過這篇文章，應對羅展鳳的追求態度，一點也不陌生的。我跟她重提舊事，她受寵若驚似的：「我看這篇文章時，很愕然，簡直嚇傻了！」我猜，那是歐洲電影予她那種養分、看事物的角度、追尋藝術的態度……這些都與詩人有關？她笑說：「『詩人』還有其他特質的。例如發神經、狂熱、不理旁人看法、不跟隨主流、明知不可為而為之……我覺得這也是，除了你剛才所說的、美化了的言辭。那是過獎的，另一方面，那本書裡所寫的電影音樂，都傾向poetic，因為我每次寫的都是寫我喜歡的。如果你說這是評論（我覺得那不是評論），至少當你在選甚麼時，例如有些影評人，甚麼電影也看也寫，我傾向我只寫我愛的。而他們所看的也跟我一樣的，那氛圍便出來了。」

詩人與電影

我們提到生命許多偶然，她有感而發：「這書對我來說是重要的。我不知其他人如何想，我覺得這本書並不只是電影音樂。當然，如果你喜歡電影音樂，你對

裡面的音樂家有興趣，當然是好，但如果你對創作有興趣，如果你有一個理想要達到的，他們所說的許多事情，可能對寫作的人有靈感，對設計的人有靈感。因為所有藝術都有共通處。」正如書中提到另一位音樂家特倫斯‧布蘭查德（Terence Blanchard）偶然遇上欣賞自己的人，接受他的工作後，曾說：「那時候，你明明知道你不曾做過這樣的音樂，甚至不知道自己是否做得來，但我更相信，生命就是不容任何遺憾……」或者，每個人的生命都需要這些偶然：遇上了，「很愕然，簡直嚇傻了！」許久以後，回味一下，卻又會甜在心頭。那時候，溫婉而雍容的女子，也會浮上少女般的笑容；或者可以這麼說：那是詩人獨有的「狂熱」、「發神經」的會心微笑。哈。

台港兩地跨世代詩聚

鴻鴻、夏宇、楊佳嫻、也斯

2011年初春，也斯的詩歌照亮了台北連日灰濛的天色。回憶該屆台北國際書展，也斯答應和我們一同參與台北書展，於是我邀請了台灣詩人：鴻鴻、夏宇、楊佳嫻，與也斯在台上交流。也斯在台上問也斯：「我們是朋友嗎？」「正確地說，我們其實是酒友！」鴻鴻一句話，讓圍攏會場的人群帶著詩意的好奇。節目「雷聲在旅行」由文化工房跨境主辦，邀來楊佳嫻主持，從青年時代出版第一本書的歷程，並聲演《雷聲與蟬鳴》與《游離的詩》中的詩歌。在楊佳嫻眼中，兩人做事有共通之處，秉性相通。鴻鴻十分活躍，所創作與策劃的多屬跨媒體：詩歌、劇本、翻譯、劇場、電影、錄像、詩歌節、詩刊《衛生紙詩刊+》等；也斯在上世紀八九〇年代開始，與藝術家、藝術機構等合作，籌辦與詩對話的活動多不勝數，青年時也曾創作歌詞、劇本等。兩人在各媒介向大眾呈現各種詩的可能，不斷啟發兩地讀者。

楊佳嫻談到鴻鴻與也斯首本詩集時，鴻鴻形容《雷聲與蟬鳴》是個不見痕跡的作品：「我們學習寫詩的，都會從模仿開始；在這本詩集裡，我們曾看不出明顯的繼承，它甚至不能說是種風格，而是個『詩本該如此』的模樣。」楊佳嫻也分享了她在香港買得此書的感受（也斯補充說，這版本是年紀與它一樣大的人，為它復刻出版）。

酒與藝術

鴻鴻與也斯常常在外地相遇，酒與藝術是他們的牽引力：「這真難以解釋。我們總不是在香港與台灣見面。」在世界各地的音樂會、藝術節、書展……比如1994年一同參加布魯塞爾的藝術節，有中港台三地詩人于堅、也斯和鴻鴻以城市為題的詩與攝影節目。鴻鴻來港看藝術節，總可讓他們相見碰杯，用美酒來延續一個個談上三天三夜也談不完的話題：「跟他聊天，就如讀他散文一樣，那種悠然而讓人有所得著的感覺。」談到鴻鴻《黑暗中的音樂》也跟《雷聲與蟬鳴》一樣是詩人的處女作品，鴻鴻巧妙地迴避過來：「不如我們還是念也斯的詩。」台下群眾終於明白，男子有時也有年齡的秘密。兩個男子當然也有互相的秘密：那些在外地的「酒徒」生活，都被也斯寫進《游離的詩》裡：「〈青蠔與文化身份〉是紀念同遊的日子，寫了你的名字；〈詩人與旅遊指南〉也是寫給你的，沒有寫上你的名字。」也斯笑著穿自己的幫——其實在講座開始前，他已在台上用廣

東話念了近年寫給鴻鴻的〈台北即事〉，那是收在《蔬菜的政治》集中，楊佳嫻說她教書用過這本詩集，同學都愛裡面的詩。

兩位詩人互相 jam 詩，鴻鴻朗誦了一首有關音樂的詩，也斯沒帶詩集到現場，就在 iPhone 上找到〈蕁蔴菜湯〉，以廣東話朗誦，並由佳嫻用國語再念。鴻鴻說：真像歌一樣。後來，鴻鴻則以國語朗誦《游離的詩》，由也斯以廣東話念，兩種語音，喚來神秘的夏宇，她也忍不住要來念《雨之屋》，並一口氣說了幾分鐘「給也斯的話」。

夏宇：「我很愛你譯的文字，你啟發了我。」

原來台港之間的養分早在交換：「許多人都以為我曾在台灣念書，其實只是在台北出書，引來一些小誤會。」他首本散文集《灰鴿早晨的話》在 1972 年出版，在此之前，還為晨鐘、環宇出版社編譯外地小說集《當代法國短篇小說選》與《當代拉丁美洲小說選》，影響兩地藝文界，就如我們同代人所知的夏宇，看待個人創作的態度一般都沉默寡言；當天在台下回應時竟直言，若非在高中讀過也斯的《灰鴿早晨的話》詩文及所翻譯的作品，或者會寫不出東西來：「我很愛你譯的文字，你啟發了我。」有誰能說準，哪本譯作影響過哪些作家；只有此時此刻作家的情切表達，才讓我們得以證實一位前輩作家的力量。也斯說，台灣作者待他很好，如果他在台灣寫作，說不定會有更多可能：「大家都

雪中送炭，我很感謝。」也斯恭敬地說。他沒有除下卜帽，觀眾卻彷彿看到他站起來鞠躬，而明明他一直靠著椅背，肩膀放得鬆鬆的安坐著，露出招牌笑容。

也斯的創作，總會不斷讓人發現新的詩意。這次台北國際書展作家交流一如以往的緊密頻繁，讓人流傳的卻只有這一段：《中國時報》報道「雷聲在旅行」中的也斯，隨即有人在網上流傳；楊佳嫻在facebook寫了夏宇片段，不到一天便錄得過百個「讚好」……詩集在兩地出版社，都一定不是主流出版物，卻有報章仍願意報道，有讀者願意「讚好」。跨越時空的掌聲正在響亮，好詩仍在傳播；兩地藝文就這樣漂流過來，又漂流過去，無始也無終。誰在哪裡出版也不重要，重要的是：作者與譯者寫得好、譯得好，讓讀者讀到好作品，發揮怎麼樣的影響力，結果可能就如這種情況：原來曾影響你所愛的詩人的那個人，一直在這裡。

這是詩人賦予詩的意義。這是也斯的意義。

偉大巧克力

夏宇說甚麼

蘇打綠在專輯找來夏宇在〈各站停靠〉一曲中以
法語念自己的詩〈被動〉，一向保持神秘（不許
錄音、拍攝與錄像）的夏宇，竟在一張唱片上記
錄聲音，這行徑是種暗示嗎？暗示她開始許人親
近了？哪管她早在「愈混樂隊」讀過自己的詩。
夏宇一切有關詩的出版行徑（透明詩集、大字
報、拆字）都「喪心病狂」，連同並不預設該被
準確理解的作品，其詩與其人常常表現得讓人感
到神秘莫測，亦因此引來多人愛慕：陳綺貞在詩
集寫過自己怎樣跑去買夏宇，鄧小樺在多個場合
背誦過夏宇詩，並常常提到在台北橋下二手書店
找到《備忘錄》的幸運。愛詩的人也如此，不消
說有更多沒有詩的緣故而莫名追隨的人。2010年
年底，她為自己曾演出過的詩與歌詞結集《這隻

斑馬》與《那隻斑馬》，還收錄一些未發表過的詩詞，轉載幾則在台北進行的訪談錄，還以個人名義參與「簡單生活節？分享書店」展出新書。我得知此事，立即提起背包，在周末獨闖台北華山，翌日帶十數冊親筆簽名的新書回港；飛機穿越海洋的上空時，初遇的甜蜜那種空氣猶在。這次台北書展，我邀請她出席會場活動，並由台北友好邀她來「讀字去旅行」當駐站作家，想不到她每天都來。有個晚上，有個酒吧詩友帶了烈酒來，大家就坐在小沙龍裡聽她與友念詩……儘管她遲遲未回覆我的筆談邀請，那倒好，就讓我把多天以來斷斷續續的閒聊，如此魔幻的經歷，將混雜書後記片段以這則「偽訪談」略記之。

　　她應是首個歡迎盜版的詩人：「許多人帶來影印本給我簽名，這我接受。」這些年來所簽的影印本，相信已逾千上萬，可為何《備忘錄》不再刷？大家真的想讀。「有自己不滿意的作品在。」不再出版《備忘錄》的決心有多大？她用她最愛吃的巧克力打比喻：「就算有人寄來二百排巧克力也不會再出版。」她側頭睨視，電鬈的長髮垂到肩上。

《備忘錄》與夏宇

　　夏宇詩寫了二十多年，出版的詩集到底有多少？《斑馬》所收錄的，大部份是她以另一些筆名所寫的歌詞146首，包括譜成曲的詩共24首，歌詞未發表的有29首。此書能否看作詩集？她的分身李格弟回應說：「我管批評家高不高興，我自己高興就是。這些歌和你那些詩正式面對我們（李格弟與夏宇），我們彼此的分裂，我們它們互為對方的異托邦呢……你知道有人對有些品種的大麻的讚美，是說它有一種『偉大的巧克力感』，我吃巧克力的時候也會吃出某種大麻感呢！」她還提到與她同一星座的福樓拜：「有了巧克力一切都不必多說了。」詞人與詩人身份讓人以為有先天相近而又斷然割裂的本質，巧克力感不因大麻感而偉大起來，而是因它讓吃者同時感受兩個品種獨特的感官交替，情感也因此可互為遷移。於是，《斑馬》就是她第六本詩集。

　　她斷不是跨越界別的人，而應是生來如此的人：沒有領域，只有文字許她可發揮到哪種程度的層次感。創作

本來就該如此毫無計算，盡情書寫。在詩中可見她穿越熱情的冷酷與語言的敏銳，與她歌詞書寫中全然熱情卻又保留語言睿智的情態，就知道為甚麼台北有這麼多人對夏宇無故而愛。

《灰鴿早晨的話》與夏宇

我們並不需怪責那些人，反而要感謝他們：當今寫詩的人能同時在流行音樂工業裡產生影響力的，只有這個愛吃巧克力的詩人。「我超愛吃巧克力。」她坐在書展會場沙龍區旁，準備回應也斯與鴻鴻詩歌對談時說：「你給我一排巧克力的時間，讓我想想。吃了這排巧克力後，我一定想起來的。」我看不清楚她吃的是甚麼牌子：「反正是巧克力的就愛。」後來，她在台下證實了巧克力的力量，分享了高中時代在幼獅書店所翻的《灰鴿早晨的話》，她形容當時在台北根本找不到明明青春卻又乾淨的語言：「其實那時我還未開始（寫作）耶。」稍後，她又讀到也斯翻譯的外國文學：「多麼、多麼合我的胃口。」她忍不住要為他念一首詩，在她背後有十數人舉起手機，都是追星族的年輕男女吧。

她愛巧克力也愛酒，輕嘗而非酗吃，因此她的年輕感並非只因嬌小玲瓏的外觀，還因她一直珍惜身體、以詩哺之，才有我們看到的青春。帶點酒意的她就連醉意也如此優雅：一直坐在場地設計的、一排排的機艙座椅上，邀人念詩，還叫身邊好友唱想唱的歌。帶酒前來的友好念她的詩，在句子與句子之間語音未落，她就接下

去了。自己曾寫過的詩與詞的一字一句，她全都記得，並透露了寫作背景：「有次在法國遇上陌生人……他跟我說了一句話，我要他再說一遍；他再說，我要他再說一遍。後來，我沒理他……怎可以理他啊！」她沒提那句話到底是甚麼。

那首詩的秘密收在《斑馬》的〈蒙馬特〉，也收在 Salsa（1999）。其餘所念詩詞偶然夾她疾呼「肉麻」狂笑而止，偶然拿出一兩首要些會唱的朋友即興而唱。夏宇沒有為自己保留不輕易親近的孤獨感，或曰她只討厭在她面前舉起數碼相機的男生與女生，一如許多作家，不希望在鏡頭上展示外觀，不希望在科技隨意門的裡外，接受眾人只為追捧而盲目膜拜。她不隔絕電郵慰問，讓留意她作品版權頁的讀者，都可與她聯絡。她不是每天檢查電郵的人，也當然不是立即回覆的人。自從她以聲以詩以詞以唱片發表了「愈混樂隊」後，就回不了頭。她畫畫，她蹓躂，她歌唱（但堅稱自己走音），她偶然出席樂隊節目。她辦詩刊。從未認真讀過她的詩的人，千萬別問關於她的愛情，這只會讓她認定你沒讀過她的詩。她本人其實並不神秘，她的詩才是。

《88首自選》與夏宇

2013年台北書展，「讀字小宇宙」成為台灣文藝青年的聚腳點，連當地著名歌手張懸、香港藝人周秀娜都要跑到「宇宙方舟」觀賞與拍照，霎時吸引大量人潮湧

進，不管看人還是看書，走進獨立出版攤位的觀眾或者讀者，總算見識了台港獨立出版風景。

在這個攤位裡賣了近二百冊詩集的，是台灣著名詩人夏宇。好些人忍不住把手機刺向她的臉，想拍攝她的真貌，可是她往往對這種粉絲非常嚴厲，朗聲警告他們不得拍照；有時更會伸手要搶去相機或手機，吩咐他們當場刪除紀錄。這是她第三年參與書展，每次都忙於簽名和喝酒，其餘時間都在看展區內的書；遇上難纏而又想拍照的粉絲，她的臉會沉下去，喜怒形於色。是的，在那攤位的人群中認出她並不難，只要你置身台北書展現場，走到獨立出版工作者的攤位，就能見到她。

夏宇和也斯曾在書展相遇。2012年書展，她跟我說要到歐洲走走，「打算在香港逗留幾天，探望香港朋友」，包括也斯（後來香港之行沒成事）；這年書展，她在異國收到我的電郵說也斯與我們告別了，想她寫點甚麼。她沒有回覆。當下與她談起稿事，她邊說邊比劃個大圓圈：「也斯是個這麼大的東西一下子不能寫出甚麼。某一天──或者是十年後，會寫出來的，但肯定不是現在。」我們幾人談著，不覺圍起個小圈，夏宇說她的朋友會在新年前帶些動物到她家暫住，有點像動物園；又提到她的貓和為貓寫過的詩，大家遞出手機和相機，看看大家的貓，組成了臨時的貓家長會。

選集叫《88首自選》，花了很短很短的時間編成，她說，這個小時她選的，下個小時就不一樣了，所以選好就停住，就交給設計師：「每一本都有它的形貌，

這種紙會跟著讀者翻閱而變形。」這本看似小冊子的讀本，原來總共穿了六次線，讓書不易脫頁，最後用兩口釘書釘鎖住。要用透明膠袋包起來嗎？這可保護書。她說，她想每本都由它被翻得破爛。

夏宇還是這麼重視閱讀經歷。她從印刷廠搬來的兩箱書，賣了一箱，近200冊。撤場那天，有兩個女生幫她執拾；忙完了，就拿著紙杯斟滿紅酒，與文友碰杯。紙杯碰了碰，沒有響聲，只是紙與紙的摩擦，又如她的那本詩集的名字。

關於夏宇的那些美事，從來都如此低調；有人理解為神秘，也許，這都只是她的怪脾氣，而已。

全華圖書股份有限公司

這些年，台北書展
走訪台北國際書展（2010至2016）

走訪台北國際書展 (2010至2016)

這些年，我所認識的新一代雜誌編輯，大部份都是三十歲上下的八〇後，他們無畏地將獨立精神注入城市讀物當中，認真傾聽屬於我們這世代的語言聲音，借用他們年輕的經驗來描繪他們所認知的世界，我個人認為這是很了不起的，對華文出版來說多少起了一定程度的影響。「獨立出版」一詞在香港可理解為「一群喜愛文學的朋友聚在一起做自己力所能及又喜歡做的事情」（許迪鏘語），這詞在華文出版所隱藏的玄機，大約是它向某種巨大勢力宣示精神面貌不被一統的行動，它未必指涉我們稍往北望的那股力量，也未必與台灣往大陸一顧的那種情結相關；它在本質上只是一場精神向度精緻化的運動—用油墨與紙張默默負載意識的運動。近年的「出版寒冬」，氣溫反覆，發展空間萎縮，書價一直處於打折的低迴狀態，新書進店打79折本是平常事，網路書店甚至能有更吸引的價錢。我與一群台灣獨立出版人在台北國際書展交流數年，嘗試以獨立出版的角度，與他們探討台灣本土出版生態。

溫飽之餘，也要吹響號角南方家園發行人劉子華經常穿梭兩岸的文化圈，眼見台灣本土出版今非昔比：「雖然現在台灣書市大不如前，但我覺得反而是獨立出版社一個非常好的機會。」明知故犯並非勇字當頭，而是有話想說。她最初經營的是「本著自由主義的批判精神，追求社會公平正義的知識分子與公眾的力量，為大眾發聲」的「大眾時代網」（mass-age）。

南方家園與黑眼睛文化

2005年倒扁運動九九靜坐、百萬人圍城到環島開花，天下圍攻，網站派記者貼身採訪施明德，寫成《紅花雨》，由mass-age與「網路與書」合作出版。本土政治環境為南方家園建立獨特的出版議題，認為台灣有大段歷史仍然空白，譬如過去百年來對於社會運動與左翼的歷史，是被刻意忽略與漠視的：「我們發現過去國民黨是鎮壓者，不希望民間談論；民進黨是台獨右派，所以也漠視這段歷史，也不願正視這段歷史，甚至是曲解。台灣的學術界與思想界是不完整的，它沒有像美國、英國那樣，還有自由主義左派的存在，我們只有右派。」「自由主義」與「民間談論」的政治渴望，讓南方家園看見許多值得出版的議題，如本土政治有台灣農民運動史詩、《老紅帽》等，盼還原歷史真相。

同樣體會自由可貴的黑眼睛文化成立已久，活力依然。創辦人鴻鴻最近發行《衛生紙詩刊＋》為台灣本土、香港和澳門詩人，築起詩歌發表的園地：「這是個

人詩刊，只收我喜歡的詩，不登那些文縐縐的東西，痛快多了。鼓勵現實取向的詩，而且也刊登劇本。三個月一期。」今期以「自由時代」為專題，以「這個自由時代，還有哪些禁忌讓世界無法變得更好？」為引子，收錄廖偉棠（香港）、袁紹珊（澳門）等詩人作品，園地開放，鼓勵交流，而詩刊亦有翻譯與外國藝術家訪談，國際化的面向讓黑眼睛文化分外動人；早前與香港漫畫家智海合作出版的《灰掐》更已有外語版本，航向歐洲。

「下北沢世代」與一人

兩人出品羅喬偉，八〇後，連香港二樓書店都選他編的書。2010年，我邀請他參與台北書展活動，並訪問他。這是他當時在辦的事情：「下北沢世代」，活躍於網路行銷，他形容像他那種身份（工餘辦獨立出版）文化人：「漸漸的愈來愈多，似乎有成為一股潮流的趨勢，代表了有愈來愈多人希望掙脱社會常規，在溫飽之餘也企圖展開一段小小革命，扮演吹響號角的那個自我。」他長期在雜誌社工作，認為雜誌工作與獨立出版的最大區別是體制與資源：「商業市場上的競爭激烈，很難允許你有時間磨亮一個點子，造成熱情很快就會被損耗殆盡，然而獨立出版卻沒有這類問題，但資源則相對匱乏。」談及中國大陸雜誌多元的風氣，個別書評刊物更有國外雜誌的影子：「近幾年我所認識的新一代雜誌編輯，大部份都是三十歲上下的八〇後，他們無畏地

將獨立精神注入城市讀物當中，認真傾聽屬於我們這世代的語言聲音，借用他們年輕的經驗來描繪他們所認知的世界，我個人認為這是很了不起的，對華文出版來說多少起了一定程度的影響。」（按：羅喬偉兄告別人間數年，片言成書以遙祭）

逗點文創結社

　　除了資深文化人涉足獨立出版之外，還有台北年輕一代懷著出版理想，一人出版社劉霽就是其一：「台灣一直有不少獨立出版的一人出版社，只是不以『一人』這處境為標榜。但『一人』的特質更能讓人注意到不同於一般商業出版社的出版風格，在短短接觸的一眼間留下更深刻的印象。而當這種形象愈來愈普遍，也能同時削減書市過於向商業傾斜的現象，而讓文化的特質更為突顯。當一個人能從內容、編輯排版，到設計等環節都能掌握，有整體的風格，這本書也就不只是商品，而接近藝術品了。」至於銷售方面，他常常帶著皮箱到處賣書：「目前尚未有被驅趕的經驗，可能因為不像擺地攤，沒有叫賣，營利氣息沒那麼濃厚，靜靜的更像是街頭一個特殊的風景。」節慶將至，本年才創辦的逗點文創結社，為聖誕節徵稿，作者群包括鯨向海、楊佳嫻等詩人。創辦人陳夏民形容這種徵稿出版在本土「多半只有雜誌企劃會做，書籍反而較少，幾乎沒有。」《聖誕老人的禮物》就是他們首次試辦的企劃：「人長大後，會失去某些特質，可能是好奇心，也因此一個人所能觀

看到的世界，便狹隘、單調了很多。」

　　台灣有文化人反對大書店再調整折扣，認為此舉影響整個書市生態，然而大書店亦同樣面對「花博」之後地價與租金飆升的隱憂。「寒冬」現象來襲的時刻，竟有獨立出版者無畏無懼，甚至樂意與香港獨立出版社合作，引介作品到特色書店（序言書室）。至於香港讀者又會否願意閱讀台灣的本土作品，這不單關乎書市，而且關乎視野。誠如一人劉霽所言：「但單打獨鬥在商業市場上畢竟吃虧，結社也是希望能某種程度上結合眾人之力，讓發行與宣傳等商業操作方面更順利，卻又不會因過分的商業考量抑制了創意的發揮。」他們堅持的是獨立，而不是孤獨；能否生存，只好留待讀者決定。

參展，是為了進駐誠品

　　在台灣開辦出版社並不困難，難在為出版社打通發行管道，讓更多讀者接觸好書。南方家園於2008年創社，一直以合作方式於台北書展、簡單生活節與牯嶺街創意市集，與其他獨立出版社合租攤位展出作品。出版大陸作家野夫關於文革前後民眾史的《江上的母親》，是南方重要的里程碑：此書獲第十八屆台北書展書展大獎，那年台灣傳媒都爭相採訪。自此南方每次參展，都有媒體報道新作，亦為發行管道創建契機：「將書的特色，以及可造成的話題，透過行銷手法，尋求大書店的合作」，南方發行人劉子華所說的行銷手法，與台灣一般根據統計而設的方式不同。在出版《最後一封情書》前，

與台灣本土服飾品牌prefer合作，打出精裝本的「書+圍巾」先於書展曝光，媒體以大篇幅報道這個來自法國的感人故事。

她覺得打折扣並非唯一方式：「可通過獨家或限量贈品、專頁製作、特殊包裝等行銷方式與大通路合作，吸引它們在陳列上配合，可以第一時間捉住讀者的目光，刺激買氣」。結果，《最後一封情書》在誠品各店放置當眼處，銷情理想，並強調網絡的重要：「誠品、博客來獨家大通路販售的行銷策略，取得好的陳設以及網站專頁頁面。」

近作《直到大地盡頭》則推出「買書送戲票」，凡到指定誠品書店買書即送《薩依德和平狂想曲》（*Knowledge is the Beginning*）門票。她鎖定誠品獨家「獻映」，於是，除了台北九家門市有特別陳設與宣傳海報外，放映活動也在誠品網站曝光：「我們希望它在書店架上留久一點，所以，盡可能維持一個月出版一本書，讓讀者在書店看見新書陳列，尋找讀者對品牌的支持與認同。」

2012年，踏入創社第四年，南方家園第三次在台北國際書展參展，仍以最節省成本的方式與同業連結在一起：「現實上仍有經費的問題，因此，獨立出版平均的員工數不超過五人，每人都身兼數職，投入的時間與人力遠超過分工精細的中大型出版社。」她認為有效的資源整合與行銷，方能將最小的效益發揮到極致：「同業間的合作，可強化獨立出版的力量。南方家園與幾個獨

立出版組織，合辦《走台步》季刊，該雜誌是官辦的、在香港派發的贈閱雜誌，透過它了解香港閱讀市場運作，增加合作機會。」善用政府資源，在全球華文世界關注的文化盛事中，獲得更多曝光機會，讓出版物與雜誌同在出版舞台上展現人前，看來是獨立出版的不二路向。

劉子華認為，要維持出版的動力，需要在內容及裝幀設計都具創意，尋找「閱讀分眾」。內容編選要能捉住大環境的脈動，找到共鳴：「不論是經典或是翻譯書，在思想上都能反應當代的人文心靈與社會脈動。台灣社會運動及左翼運動的歷史《簡吉： 台灣農民運動史詩》、描繪拉丁美洲歷史現實的經典之作《拉丁美洲：被切開的血管》、費茲傑羅首部小說《塵世樂園》，以及非主流文學如塞內加爾《還魂者》、《乞丐的罷工》等。」

最近有不少台灣作品，都在大陸同時出版。南方認為這涉及現金流問題：「現階段僅有（與大陸）合作翻譯，以及雙方互相推薦外文書籍。台灣要至大陸出版，事涉出版刊號、通路發行、信譽，以及最重要的現金流，尤其是現金流，風險絕非獨立出版可以承擔。」因此，她認為於獨立出版而言，較合適的合作出版方式，就是把簡體版權賣斷。按兩岸產業協商規定，大陸出版社還不能進入台灣本土，不過在台灣出版界，已有變相「被投資」。她認為，台灣出版競爭大，如果中資出版進場，會產生更多出版品，讓每種新書壽命更短，甚至釀成削價競爭，以及重口味的行銷手法：「短期看似書

市蓬勃，消費者有更多選擇；但長期看來，對消費者卻是一種傷害。傷害在於書市最終只能有一種書存在，那就是迎合大眾口味的書，真正的經典書，因它的出版壽命短，很快就成了絕版書，在書市銷聲匿跡。」

假如狀況不斷演進，台北書展或許也會淪為純粹的散貨場？劉子華更關心的是未來孩子讀甚麼書：「之前經報紙披露造假在三大通路狂賣的《賈伯斯送給年輕人的11個忠告》，這種粗糙的作法，將打壞台灣的出版。或許要問，相對的，是否也要開放台灣出版業者進入大陸市場呢？」最重要的，還是信譽。這是台灣為中國保存下來的營商傳統，也是獨立出版者可穩守的要塞。

在華語世界裡，尤·奈斯博可說是鮮有所聞；台北書展主辦者在各種文宣多次提及《龍紋身的女孩》，好趁電影熱潮吸引人流，這現象於翻譯小說出版來說，值得探討。這個來自北歐的陌生作家，在台灣首次推出小說《雪人》中文版，斷不只投石問路；這種銳意植入或打造的授權翻譯出版風氣，從何而起？

翻譯與翻版

台灣書市仍以翻譯小說為主導，全賴《追風箏的孩子》：「那年開始，台灣掀起一陣熱潮，後續就有《不存在的女兒》（木馬）、《大象的眼淚》（天培）、《失物之書》（麥田）等，勾起了讀者閱讀大部頭小說的興趣。」時任麥田出版執行主編巫維珍接受筆者訪問時，分享她對翻譯小說的看法：「風氣也與版權經紀人推波

助瀾有關。原本以接受書訊為主的出版社，經由版權代理人主動尋找英美地區以外的小說，並且類型拓展至推理、奇幻、成長小說等。」

　　這種書的市場佔有率，起初相當穩定。現職共和國出版集團的邱秀珊，曾提到相關書市觀察，外銷到香港數據比例，時而比台灣本土更大。她又說，常聽見「香港人不讀書」這說法，其實不符事實。書展可說是喚起出版界翻譯授權的關注，改變出版文化。較傳奇的有《麥田捕手》：多年來，中文版本有逾五十種，沒有一間出版社曾獲授權。早前，麥田出版為紀念二十周年，向《麥田捕手》作者取得版權，重新出版：「我們透過再次出版、重新翻譯，新世代的讀者有機會再次與經典相遇。」巫維珍憶述，業界著名的英國版權公司老闆到訪書展，就為了版權交易而來。

　　面臨飽和的翻譯小說，配合電影公映而推出，成為近年台灣書市現象；書展更會為它們另闢展區，讓出版社與電影公司一同宣傳，在書展讀者人流的保證下，協同效應更大。不過，並非所有出版社都懷著這種理念造書，尤其面對書種、版權等競爭，常有不得已的作業方式。去年台灣曾有網上書店促銷翻譯小說時，將封面設計相似的兩種書拼起來，效果幾近暗諷翻譯小說出版的惰性，手法大膽而幽默，折扣打得狠。本土出版業者都看得出是滯銷書，紛紛在網上表揚書店，說是促進業者反省那些買外國人照片做封面的作法。

翻譯者主動挑書

　　至於台灣獨立出版者，他們對翻譯有另一種看法。一人出版社以出版翻譯作品起家，創辦人劉霽接受採訪時說，他沒有怎麼考慮市場，完全以個人喜好及風格為準則：「通常是翻譯者主動挑書選書，以各自最有興趣也願意花費心神投入的文學作品為主，呈現的也是每名翻譯個人不同的風格。」這種以譯者主導的出版方式，突破了台灣近年的慣常做法，並在書展大放異彩。

　　「一人」自創社至今，不斷受本土與外地傳媒注意。劉霽交遊廣闊，第一次參展時，與行人、南方家園等獨立出版社結盟，租個小攤位展出作品；不出兩天，便吸引電視傳媒訪問。劉霽曾在「讀字去旅行」展出更多譯著：劉霽譯的創社作品Walker Percy《影迷》、陳虹君譯的Christian Gailly《出事情》，至今已有五種譯作。今年，台港獨立出版者再度結盟，以復古車站的設計招徠，引入更多高素質的獨立出版社，包括年輕學者鄭聖勳有份參與的蜃樓、台灣獨立出版「宗師級」的黑眼睛文化，甚至連詩人夏宇都在其中。至於麥田出版在台北書展則推出諾貝爾文學獎（2006）得主帕慕克《純真博物館》、吉田修一《星期天們》等作品。剛過去的2011年獲諾貝爾文學獎的Tomas Transtromer，由行人出版詩集《巨大的謎語》，邀來馬悅然翻譯，在翻譯著作的書海中，為台灣與香港讀者提高欣賞翻譯作品的品味。

台北書展的兩岸現象

第21屆台北國際書展是農曆新年前華文世界最大型的文化盛事，最受關注的是台北書展基金所辦的書展大獎。一直以來，這些獎項都由台灣作家奪得，第18屆首度有大陸作家野夫「登台」後，大獎即受更大的關注與討論，此屆也不例外，大陸學者、魯迅專家錢理群憑《毛澤東時代和後毛澤東時代（1949-2009）：另一種歷史書寫》獲選為「年度之書」，成為第二個登台的大陸作者。早前，台灣不少名勝為大陸自由行設限，甚至不許他們進出正門，要由後門進場，在這大背景下，錢理群有感近年國家與地區發生令人焦慮不安的事，「在這樣的時刻，因為圖書評獎活動，我們進行超越地區的知識者之間的心靈交流與溝通」，與台灣文化界互勉，要「用文藝來溝通」。

開幕當天，將由台灣總統馬英九頒發獎金和獎盃。該年書展主題國家是比利時展出國寶級詩人莫里斯・卡雷姆的手稿與相關圖像，而享譽國際文化界的《閱讀地圖》作者Alberto Manguel現身書展與讀者見面。

台灣哈日風一直都在，書展請來的日本作家，香港讀者也相當熟悉：剛出版新著《甜美的來生》、在八九〇年代日本形成風潮的「治癒系作家」吉本芭娜娜與讀者交流。大陸動漫界紅人米沙憑《偃師》紅遍兩岸三地，作者七玄將與米沙同到台灣簽名，動漫館又大排長龍。

這一屆參展的香港作家甚多，以小說作品示人的有陳冠中小說《裸命》，親赴書展會場與讀者見面的有喬靖

夫、畢名、譚劍、黃勁輝、葉曉文等，到場與台灣作家楊佳嫻、伊格言、趙佳誼、鄭聖勳等同台 jam詩，對話者則有可洛、曹疏影、黃淑嫻、紅眼，發佈新書的則有洛楓分享結集 facebook文章，以及朗天有關香港與主體性的電影論述。

台灣詩人楊佳嫻與翁文嫻參與一場梁秉鈞（也斯）作品朗誦會，分享她們所喜歡的梁秉鈞詩作，也有在台上祝福。梁秉鈞2013年初因病辭世，台港獨立出版作業者為梁秉鈞舉辦一場作品導讀會，由梁秉鈞在港大任教的學生、香港作家洛楓向台灣讀者分享老師作品，向梁秉鈞致敬。梁以也斯筆名發表的散文早在七八〇年代影響台灣文壇，有不少台灣作家都因也斯發現不一樣的文學語言。可惜近年香港文壇與台灣交流遠不比當年，也斯作品也在台灣書海載浮載沉。今屆台北書展為梁秉鈞舉辦導讀會，為新一代台灣讀者重新介紹閱讀也斯的各種方式，令書展添上更大意義。

用書來踢館？

回顧台北國際書展20周年，該年凝聚了一群情緒複雜的文化人：既是同行競爭對手，又是業界知音，有共同語言，分享台灣以至其他華文地區銷售成果以顯另一種台灣價值。眾所周知，書展並不是純粹作為書市零售的展銷場，它與香港甚或大陸一些地方的書展不同，參考世界知名的書展模式，引進並創設鼓勵業界參與的制度如書展大獎（小說及非小說類）、金蝶獎（書籍設

計），專為出版人而設。

　　書展為鼓勵本土出版界，於2008年起參考法蘭克福、萊比錫及波隆那等書展形式，為台灣出版社設出版獎項；獲獎出版社將有大會安排的傳媒採訪，換言之，出版者在書展的角色，並不單是一部書的幕後功臣，而且是以出版流程及成果相競逐的同業競爭者，受多份台灣知名文化雜誌追捧的新銳獨立出版社—逗點文創結社社長陳夏民，今屆同時有兩種書競逐金蝶獎，成為書展較罕有的現象：以他七〇後的世代身份，投身出版界，並有多於一種書在名單中，甚具象徵意義。

　　入圍的兩種作品分別是林維甫《歧路花園》與伊格言《你是穿入我瞳孔的光》，都是詩集，設計師有王離與小子，陳夏民認為獨立出版形式自由，更可多花心思在裝幀上：「裝幀是一本書最先與讀者互動的部份，除了能夠突顯作品的意念外，也是行銷的第一步，肩負吸引讀者目光的任務。」儘管僅是入圍，但也對他與設計師起了大作用：「這代表一本書在美感上達到一定的水準，除了閱讀的實用功能之外，更兼具收藏價值。」詩集鋪貨有難度，不過自從入圍後，即接到訂書電話，銷售提升了。金蝶獎於出版界的貢獻，正是如此：書店通路都看重大獎，以它為好書的標準；只要有書獲提名，變相是為各種文類的書籍打通書店經脈，讓冷門書都能在大書店進場。

　　不過，他在這場PK戰中，遇上了踢館勁敵：獨立出版界的一代詩人夏宇，《詩六十首》封面可說是驚為天

人。然而，陳夏民逗點兩部作品的故事，或會打動評審：這世代竟有人採用活字印刷，邀請撿字師父一字一字將《歧路花園》的詩句入版，甚有出版文化的傳承意味。至於伊格言詩集《你是穿入我瞳孔的光》，則用了書名此句的意思，「以光的穿透意念為主題，以形式呼應整本書的精神，因此以熒光橘色做內裡，在黑色封面打出書名，讓橘底在折疊後穿出洞口，再輔以描圖紙激凸印刷書衣，讓橘光穿透出來，達成第二層次的透光」。

香港有參與出版的業者，都認為書以內容為主，外觀設計為次；無論我們認同台北書展所推崇與鼓勵與否，它的確成為了年輕出版人的奮鬥目標，並嘗試貫徹設計概念，完善出版計劃，培養精神素質之餘，亦可讓年輕出版人獲得更廣泛的發行機會。

至於他與其他獨立出版者一同參展，更是置身另一種良性競爭的實驗場：「通常都會獲得不錯的讀者反應，他們有時會詢問很多關於書籍裝幀或是作品的問題。另外，我們在一般書店通路不會特別舉辦折扣書展，不過在書展這類能夠與讀者見面的場合，總是要『搏感情』，因此會準備書籍優惠，甚至是超值福袋與讀者分享。」陳夏民曾在台灣出版社待過一些日子，對於如何搞文宣、策劃促銷並不陌生。他與詩人組成的音樂團體The Lazy Mob航進展館的活動區，在更大的空間以活動展示創意，也和蜃樓出版社合作辦些音樂與詩的節目。

林載爵鼓勵

　　台北國際書展不僅是海外作家的講台，更有種非常特別的關懷，包容書業不同線路的人物，獨立出版是其一，甚至可說是由書展主辦方著意的一環。2010年，書展由聯經發行人、總編輯林載爵出任董事長，在他的領導下，創設了一個小攤位展區，以鼓勵小出版社赴台參展。那年書展是他任期最後一屆（三年一換），聽聞他曾叮囑主辦方的行政人員都要到這展區買書以示支持，更讓小攤位參展者在場館內舉辦活動。而一人出版社、南方家園與香港獨立出版者，就在這小攤位結識的。到2011年書展，獨立出版者添了陳夏民，並在展館合辦「候機室」，創意獲台灣傳媒廣泛報道，大家對於這群年輕人在老書展為書搭建，嘖嘖稱奇；2012年載譽而來，竟在攤位內建成一座復古車站，以火車站概念包裝，也增加了高素質的本土獨立出版者共同展出作品。

　　相比另一場開宗明義、鼓勵獨立出版的牯嶺街創意市集，一人出版社劉霽總結歷年參展兩種展覽的經驗，覺得台北書展就是比較正式的書籍展售會，「不僅是一年一度書籍銷售與宣傳曝光的重要場合，更是跟同業或國際出版人交流的良機。我們目前集合了多家小型獨立出版社聯合參展，既有書籍展售又有各式活動安排，籌備期也長達兩三個月，只為在這一年一度的盛會中發聲」。

　　在台灣辦獨立出版，有這麼多「表演」與PK的機會，難怪香港文化人都打趣說，要移居台灣去。

余光中在書展

著名台灣作家余光中現身2014年台北書展，為第26屆梁實秋文學獎頒獎禮致辭，在主題廣場分享文獎來歷，出席者逾百人。余光中稍後為九歌出版社讀者簽名，目測人龍逾三十米。早於六○到八○年代，余光中就寫過多篇與梁實秋有關的文章（最早一篇為〈梁翁傳莎翁〉），最為人知的一句是「如無實秋的提掖，只怕難有光中的今天」。余光中是梁實秋私淑弟子，在梁逝世後一年（1988），余光中與當年的《中華日報》副刊主編、九歌出版社創辦人蔡文甫，一同創辦梁實秋文學獎，除了紀念一代大師，亦希望發掘翻譯人才；台北書展參展書籍主要以外國譯本為主，與這群文學人、文化人昔日至今的推動，有跡可尋。此獎旨在發掘新人，分譯文、譯詩與散文創作三種，每組四獎（一個優等獎，三個評審獎）。翻譯組有余光中的學生、台大外文系教授高天恩等，散文創作評審有張曉風、焦桐、鍾怡雯等。譯文組對象為Hawthorne的 *History as Guide*，譯詩有兩首英美詩，散文題材則不限。投稿者來自美國、大陸、馬來西亞、香港等，余光中是歷任評審，與梁實秋文學獎同行四分一世紀。他把評審的接力棒交給新一屆評審，主辦方則在兩年前自九歌交到梁實秋曾任教的台灣師範大學，從整合資源看，文獎有了它縱向的意義在：梁實秋故居（雲和街「雅舍」）由台師大打理，亦有為故居捐贈當年梁實秋執教期間用過的物品，文獎有了地標，事緣時任立會委員、台灣作家張曉風有年拜訪台灣師範大學，建議日後由台師大主辦。

　　既有文學視野又有策展智慧的張曉風，這是她在任立委時的一大舉措，台灣文人參政的優良傳統，為文獎注入新力量，並獲政府重視。台北市文化局主辦的台北書展，特別為文獎頒獎禮編排在大型活動區舉行，令人想到香港多項文學獎：香港書展會為香港的文學獎築起舞台嗎？文獎可有具意義的地標嗎？看看主題廣場附近的香港館，佔了逾二十個書攤空間，又有沒有一角落向人展示香港文學？

台港兩地書展考

　　香港大型書展一路走來，從台灣主辦到港府接辦，已有近四十年歷史。書展「去台灣化」的現象，不曾被討論過；直到2011年，香港著名作家、編輯許迪鏘在報章撰文，提到台商如何在香港大會堂舉辦「中文書展」，才喚起一代人的記憶：「香港第十一屆中文書展已於八月十六日開幕，為期九日，於大會堂低座展覽廳展出。是次書展以台灣書籍掛帥，本地出版社作副將。大會主辦機構（中華民國圖書出版事業協會）佔去會場一半地方，悉數放置台灣書籍。此部份參展之台灣出版社共二百四十家，如台灣商務、三民、幼獅、洪範、遠流和聯經等。」……「這是我保存的一份剪報，作者方瑩，1989年8月27日見報。這年之後，即1990年，書展即由香港貿易發展局接辦，稱『香港書展』……」文章發展至今，香港書展官方網站都未為當年「中文書展」補白，難怪數年前有台灣書商被編入展場角落時，概嘆香

港書展似乎忘了台灣這個老朋友。

如何看待出版文化的隔岸傳承，似乎不是香港書展所關注的。香港就有種風格叫標奇立異，筆者不止一次提到，首屆香港書展就邀香港小姐招徠，以廣大群眾為目標，此風及至數年前有嫩靚模闖入，才有喝止的對策。香港書展催谷人潮的手法並非首現失控，從一線明星發展至二三線渴望上位的女生進場，繼而有了踩界（情色化）的現象，書籍零售的失序與失控，早就到了非常尷尬的地步：以何準則規範參展書籍的種類？檢視書籍的委員如何避免陷入干涉出版自由的界線？曾有委員就藝術裸體起爭議，認為要將之列作限制級別，局方一直想方設法要書展人數每年上升的同時，普及程度帶來的審美與道德爭議如何解決？自從將漫畫分流後，嫩模書籍都在漫畫展覽參展之列，而近年潮文（粗口入文的口語書寫）出書在展館內外風行一時，「本土」文化與視野得以彰顯，並廣受重視，局方與委員似已尋得進退之道。

出版商期待「中獎」的氛圍

歷來指摘港府官方推廣香港文化不力、不重視版權交易等腔調得以「貫徹始終」（包括筆者在內），正好折射文化界對香港書展的期許。常有人以台北書展、法蘭克福書展與香港書展比較，亦有不少出版界、文化界同工參觀外地書展返港慨嘆香港不比人好，這一切都源自理解「書展」這回事的差異。法蘭克福書展引來的爭

議，不比香港書展的少，尤其主題國定為「中國」的那年，據報官方看待異見作家的態度與舉措與作協作家有別，曾引起華文文壇對法蘭克福書展的批評。而法蘭克福書展舉辦日子與諾貝爾文學獎公佈日子相近，書展時有出版商期待「中獎」的氛圍。至於台北書展與大陸書商如何合作，亦有不少故事。凡此種種，比較香港書展著力展銷、級別限制、催谷人數手法等所起的爭議，話匣子的規模未算可觀。惟今年因政治氣氛生成「本土派」的「監察」則較有趣，這群青年發現旅客（以自由行為主）參觀比香港市民便宜逾半，遂在網上抨擊。他們似乎不知道這措施其來有自，施行多年，今年才得悉這項旅行優惠，如獲至寶，在網上發文批評、抗議，足見大眾認識香港書展有多深。可嘆的是，「本土派」似乎對香港書展中的本土文化與文學未見關注。

《香港指南》

香港書展辦到第26屆，筆者觀察去屆書展關於香港文學的參展與佈置，不無可喜：局方廣納各香港文學展現模式，在展館當眼處佈展「香港文學散步」，用平板電腦的互動軟件展示文學地圖，並有作家歷來在電視媒體上的聲畫演繹，又有改編文學作品的電視節目，書展始樹立「本土化」的文化定位。與歷史悠久的書店百年紀念出版的作品（如商務印書館《香港指南》、「香港文學大系」）、近十年推廣本土作品的三聯書店推出本地新晉作家作品及漫畫作品等，使香港文學能在普及層面

上接觸群眾，銷情不俗。

　　老派書店根植香港，為本土發掘新舊題材，重新包裝並出版，只是未有跟上當代香港作家的步伐，本土文化所探未可改進「本土派」青年認知本土的方法，是種遺憾。三聯書店與天地圖書都有為香港當代作家出版作品，以天地圖書最為積極，有為董啟章選集出版，又一直為黃碧雲出版作品。

　　文化界曾談論香港作家作品因何在台灣出版，說法不一，同一疑問是：集合優秀文化人才、有健全的推廣部門的書店，多年以來，出版部曾為香港作家的出版努力過嗎？在書展、在書店售「出口轉內銷」的作家作品，有何感想？台灣為何願意花費資源，為隔岸的、存文化差異的香港作家出書？或者，在香港書展一隅的台灣獨立書店攤位找到答案。

台灣：低調、獨立、講求個人旨趣

　　香港書展曾與台北文化部合作，在展場內提供四個攤位，供台灣小書店與獨立出版人來港參展與分享，由唐山書店陳隆昊先生策展。早於年初的台北書展場內，獨立書店聯展獲台灣本土關注，加之「獨字部落」一眾獨立出版者一年一度的精彩演出（連結大陸、香港等華文獨立出版），為台灣文化注入新力量，獲傳媒大篇幅報道，書展當局更在開幕與閉幕特別提及。在香港書展攤位內，他們辦了多場小型講座，書展讀者駐足聆聽，迴響不小。台灣就是個很會說故事的文化社會，當地小店

小人物小角色的花絮報道特別多，講座都從書店店東自己的故事說起，從選址、租賃到訂書雜務，由種種「瑣事」加起來的堅持，就是一門文化事業。香港書展早年以明星招徠的方式，與台灣文化事業構成有相反的面向，在書展叫賣聲中，台灣攤位成為一座立於喧囂鬧市中的孤島，而台灣這一部份，偏偏又與香港作家的書寫文化有吻合之處：低調、獨立、講求個人旨趣，與主流文化格格不入。這些特質，在台灣出版人眼中，恰恰就是一種台灣成分。

今天，仍有不少香港作家受台灣文學啟發，尤其台灣翻譯的世界名著、諾獎作品（如遠景、志文）等，這多少源自「中文書展」歷年引入台灣書籍的緣故；香港書展官方未有為書展文化補白，坊間談及香港作家在台出版的言論又未見深入調查，第25周年本是追本溯源的好時機，局方還是未見有意說明接辦書展的真相，文化界雖有口耳相傳，卻只能成為民間傳說，莫衷一是。台灣出品向來是香港書展重要來源，近年台灣小書店與小出版社十分活躍，成為台港主流媒體關注的對象，出版社作品設計獨特，屢次獲書展大獎，能在集團經營的出版社中脫穎而出，殊不簡單。筆者曾建議局方引進台灣小出版社來港參展，不得要領；今雖有台北的文化部引進，可是只有四個攤位，台灣出版同工與書店人還是不夠發揮。香港與台灣在書業上的密切，亦是華文世界罕有地沿用繁體字出版的地方，香港書展當局理應了解書展的文化根源，多邀當年在港參展的台灣書商，回顧書展脈絡，開拓讀者視野。

　　筆者一直是漫畫讀者，當年與同學結伴參觀香港書展，都只為買漫畫。讀者是會成長的，尤其在香港經歷街頭運動後，青年對本土認知有了需求，在建設一方人頭湧湧的熱鬧場館之外，仍有認知緣起的必要。老書店為紀念一百周年，上屆在場內為讀者尋回不少集體回憶；來屆方向如何，會否考慮主動大量引進台灣創意出版與小書店，正在策劃的委員與公務員，盼可細想。本文走馬看花，從上屆香港書展略述一二，拉雜而談，還待各界指教、賜正，盼書展有更精彩的演繹。

台北書展竟變嘉年華？

　　2015年台北國際書展，洪範書店不見了，行人文化實驗室不見了，前者曾為余光中與楊牧等台灣作家出書，後者為台港兩地作家策劃拍攝《他們在島嶼寫作》（目宿媒體）紀錄片，一直建構文學台灣的數座文化重鎮，竟缺席第23屆台北國際書展這場文化盛事？就連書展常客、著名作家哈金都缺席了，以往佔據三四十個攤位的電子書商都消失掉，只剩下聯合文學的電子書企劃「讀書吧」較有瞄頭。觀乎傳媒報道，焦點竟似香港書展─大談書展有多似「嘉年華」，乜都有。一向是華文世界指標、版權交易頻繁的台北國際書展，究竟發生甚麼事？筆者自2009年至今，每屆書展都赴台觀摩。書展大獎及受華文出版關注的金蝶獎等書籍展覽，設於主要通道旁，裝潢甚具氣派；今屆則擱在「夢想與實驗特區」，設計展覽及鼓勵青年文創專區的佈置比例失衡。就連主題國

展區也嘈雜得令人不安:每天定時有人來唱民族歌曲,在版權洽談與交流區旁有人做木雕,常為主題廣場(書展大型講座場地)的活動帶來與書無關的高分貝雜音。香港讀者如我,來到台北國際書展,當然讀過前行政院長劉兆玄當年如何推動台灣文創產業的倡議,亦知道台灣作家張大春怎樣質疑搞文創產業者在文化圈裏的表現;不管文創在台灣爭議如何,這一屆書展文創展覽成分,或會成為反面教材。

西耶斯《論特權》最好賣?

書展大都安排在農曆新年後舉辦;這一屆書展在新年前開檔,年廿八收爐,多年都有「讀者拆紅包買書」的傳統來保底,筆者向台灣媒體人打探過,不少書商向他們訴苦,卻又不便公開,出版界新年前就只好苦守書展會場等過年。其實,從「太陽花學運」至今,台灣出版業一直不景氣,書展主力消費群——文青與小清新,在台灣青年月薪22K未獲保障的背景下,前景不明朗。誰會來解囊掃書?書展主辦者倒有奇招:免費開放予十八歲以下青少年入場,最終竟有近十九萬人次進場,總人次較去年增長10%,達五十六萬。不過,青年到底買甚麼書?據筆者觀察,青少年多為蓋亞文化與三采文化的出版物打蛇餅排隊進場,為一睹最近火紅的Peter Su等台灣新進作家。至於海外作家方面,焦點都落在八〇後女作家Eleanor Catton《發光體》(聯經出版)在現場售逾千冊。香港作家則有游靜、淮遠、廖偉棠、陸穎魚、黃怡

發表新作，黃淑嫻、鄧小樺、林輝、梁莉姿等與台灣作家交流，逾五百人次出席相關活動，這批香港作家作品合共售出逾四百冊，可見香港作家在書展漸見效應。

柯P突襲

近年，台北民間為書展注入不少前衛的文創概念，有獨立出版連結「讀字去旅行」，自幾家合營四個攤位發展到三十多家合營八個攤位的「讀字小酒館」，專賣冷門書如學術著作、詩集、傳記文學、性別研究等，成績最好是西耶斯《論特權》（紅桌文化）、鯨向海《A夢》（逗點文創）、楊渡《水田裡的媽媽》（南方家園）、《男性P點高潮》（基本書坊）、陸穎魚《晚安晚安》（一人），各家合營共逾新台幣110萬生意額，就連台北市長、風雲人物柯文哲（柯P）都來逛過，形容這群人是「單細胞生物」，筆者猜測他的意思大致是指未進化卻又最具底氣的一群出版人？他說的話真意如何，不得而知，筆者在新聞中心蒐集材料時，得悉柯P數小時後「突襲」，書展前線行政人員大為緊張，即時安排傳媒來訪。不管書展效果如誰所願，經誰批評，在別人的決策下默默工作的前線人員，努力還是沒有白費──「讀字小酒館」人員在柯P轉身走後，慰問書展前線人員。大家都知道整場書展籌備需時，行政安排妥當有時，失調有時。台灣人書展最可貴之處，都在細節關懷，都有人情味。當然，最好還是給大家一個寧靜的讀書環境，不要再讓書展變調。

　　台灣出版社愈來愈依賴網路銷售，這類網路書店議價力甚高，近年常有業界與書店之間的折扣爭論，台灣出版業壓力持續，不少獨立出版組織都受壓。台北國際書展是台灣現時人潮最多的展覽場合，以獨立出版形式發表作品的作家都希望參展，一來能向讀者面對面介紹作品，直接交流，二來在書展現場直接銷售，收入比起經書店發售為高。筆者在2015年訪問兩位居於台北的女詩人：陸穎魚與崔香蘭，談談她們的新作，並看看她們對今屆書展的看法。

香港女詩人在台北

　　曾任職記者的陸穎魚，2013年底嫁到台北，去年7月開始在台灣生活。她這麼形容自己在台灣的狀況：「在港時就業，在台則失業。」一個熱愛工作的、寫詩的香港八〇後女詩人，大家感興趣的或者就是她的生活狀態？「剛開始時，我很不習慣失業狀態，可能沒固定收入，令我很焦慮，後來我偶爾接一些香港報紙副刊 freelance job，負責採寫文學活動，倒是很快樂的。」這些日子，她一邊寫作，一邊為自己仍在香港時寫的詩結集，並為詩集想些推廣方式，找來香港獨立音樂人伍棟賢為她的詩集寫歌拍片，結果「帶去書展的書全部賣掉了」，這與她在書展期間一直在facebook發佈書訊有關。

　　陳穎魚參展新書《晚安晚安》有好成績，是與台灣文化氣息有關嗎？陸穎魚提醒香港讀者：「香港不要覺得『隔籬飯香』，因為台灣詩集一樣難賣，有些台灣獨立

出版社如逗點文創，願意花費資源去做書籍設計、包裝及活動宣傳，確實對詩集銷量有幫助。」

台灣女詩人在中環

崔香蘭是台北歌者，也是詩人。最近，用詩寫她所理解的中環。自台北來到香港，選了中環為寫作地點，為的是治療：「是我重新釐清生命的過程。」她參展的新書《99》以中環地圖為創作藍本，畫出個創意地圖來作插畫，間頁有詩。她將地圖繪成香菇狀，甚有想像力。書名《99》來自中環某地址，那年她在SOHO附近的咖啡店創作，每天挑一間不同的咖啡店喝咖啡。她想讀者跟隨她在香港的步伐，一同感受，就把整個故事按照篇幅組成了一個地圖：「是建立在實際地理位置（中環）上的療癒空間（香菇烏托邦）。當你把詩集按著指示撕下拼好後，你就可以得到香菇烏托邦的地圖，而你會看到每首詩的地理位置，那就是我寫詩的區域，以及每首故事發生的位置。」

「好窄。」她這麼形容香港：「我在台北幾乎都是用腳踏車代步，但在香港不敢騎，路窄車子多。」不過香港實在很多驚喜，像是荷李活道上有間賣蔗水的：「我特別喜歡那建築，因為它很老、有點victorian的感覺，卻是存在在這麼現代的街區。」

在台灣，曾有出版社接洽過崔香蘭，「但是我沒有繼續談下去，出版社介入會有相對的問題產生。自行出版雖然是件整死自己的事，很累、很多細節要注意，除了

前置更要包括後續的經營，但是非常的好玩！」回顧今屆書展，她覺得與書相關的都有新意：「讀字小酒館跟原住民主題館相關活動比較跳出來，富有新意。但蠻多客人在抱怨這次的書展，其實客人都是感覺得到的，看到一些非出版的商業攤位，有點misplaced的感覺。」

香港館在書展派雞蛋仔？

2016年大年初一晚持續到年初二清晨旺角的警民衝突，多得一間電視台特別的剪接新聞技巧，香港人至今仍歷歷在目；及後曝光的屯門良景邨小販風波，「管理員」的暴力程度亦令人髮指。兩事起因都與政府執法部門打擊小販有關，香港政府的回應，則只針對某一群人的行為，一眾市民人權被侵犯，政府並未查明事件即下判斷，有說政治目的似已達到，小販在社會的角色如何，執法部門在法理情之間如何平衡，卻未有官員關注⋯⋯香港那邊廂小販問題懸空，無人回答，台北這邊廂竟有部門往海外推廣小販文化，並邀請香港美食家親臨演說，是悲哀，還是諷刺⋯⋯要說的是2016台北國際書展香港館的主題。由香港出版總商會、香港印刷業商會主辦，香港經濟貿易文化辦事處「創意香港」贊助的「騰飛創意香港館」，佔領今屆台北書展共二十六個攤位（每攤位3米X3米大小），比主賓國匈牙利主題館還多出一個攤位，所展示的香港文化，比匈牙利館少得多。

正來台北書展主賓國攤位，都以體驗式的展覽方式來

吸引台灣民眾注目。去年載歌載舞的定時表演，雖然吵得書商叫苦連天，但也算推廣自家文化的一種形式。看看今屆香港館，高舉小販美食文化招徠，定時向讀者免費派發雞蛋仔，盛況有如大年初一的旺角晚上，人群都在展館前守候著，望可一嘗香港文化味道。可是，民眾並不知道，香港執法部門與良景邨不明來歷的「管理員」，以什麼態度來對待這種香港文化的建構者——小販。香港館已向台北書展基金會申請了小販牌照了嗎？台北怎麼不派警察來驅趕他們？先不說香港館對小販文化的葉公好龍，容我們想一想：香港文化，窮得只剩下小販美食嗎？

香港館竟沒有張愛玲

　書展主打展覽是「張愛玲特展：愛玲進行式」。展覽由張愛玲遺產管理者宋以朗及台灣唯一出版者—— 皇冠出版社向台北書展基金會提供珍品展出，共佔20個攤位，以螺旋迴廊的展館設計，讓讀者走進張愛玲晚年生活的「進行式」：大量美國品牌的衣著掛滿展館，手袋與手稿同樣吸引著讀者，也有簡明扼要的時間軸，介紹張愛玲生平的重要時刻：1939及1952。1939年，張愛玲與好友炎櫻從上海來到香港大學念書，一同經歷香港戰火。香港這些年出版過的戰時香港與懷舊書，本版都有介紹過，怎麼香港館官方沒有想過，可以配合台北書展焦點展覽，以戰時香港為主題，呼應當時在港留學的張愛玲生活？張愛玲在《燼餘錄》有詳寫她在港留學的

生活，香港館宣傳品又有否引錄幾句，呼應一下？張愛玲留學香港的歲月，因二戰而中止。在「愛玲進行式」的時間軸裏寫著，1952年，張愛玲以繼續學業為由，再從上海搬到香港。五〇年代的香港，又有何面貌？香港館能找到的書籍，不乏香港歷史書，為什麼沒有一個書架，是用香港歷史為題，呼應書展裏的張愛玲展？

答案都在香港館的佈展設計：面向主要通道的一方，擺放兩座書塔，都是獲香港獎項的書籍，包括獲得印刷獎。在台灣展出在港獲印刷獎的作品，意義有多大？台灣在印刷方面，向來走在香港之前；在台北書展展出這個，實有班門弄斧之嫌。

採訪過書展讀者，不少讀者反映，在台北書展買下來的香港書，有些書的書頁，放兩三年就會脫頁。那是因為香港部分參展書籍，訂裝製作時沒有上線。香港館理應先關注參展的香港書籍，有沒有做好印刷的基本功，而不是為表揚香港印刷品而表揚。如果台北讀者想在香港館買這批得獎書籍，可以嗎？答案是：難。兩座高塔的書，與二十家出版社參展發售的書，幾近無關。例如放在高塔的其中一本得獎書籍：區家麟《傘聚》，記者在該出版社的專屬書櫃找過，一本也沒有。採訪那天正是香港館開幕當日，難道第一天就賣光了？香港館有參與出版社的選書過程嗎？訪問過一些工作人員，他們只知道今次參展，是基於物流方面的考慮。《傘聚》一書，及至其他得獎書籍，除了在當眼處放了一冊，未見展覽有更妥當的安排，供台灣讀者選購，帶這麼的一個香港回家細閱。

買不到《傘聚》

各大出版社專屬書櫃佔據了香港館大部分空間，當中有大出版社同時在展館不遠處擺賣，佔了十四個攤位，比香港館小近一半，可是重疊的書種還是不少。展館裏出現了兩個面貌相近的「香港」，一個有小販美食文化，一個有大出版社各自開的花，至於真實的「香港」又在哪？

好些台灣讀者很關心書店人被失蹤事件，在台灣的小出版社聯盟「讀字辦桌」，賣近百冊的《書店日常》，就是香港小書店的真實狀況。買不到《傘聚》的讀者，在這個由小出版社、獨立出版社一同合作的展場，可買到七位香港作家合著的《年代小說・記住香港》，買到一些傘運書，買到老香港的書，也有香港館買不到的、在香港曾默默寫作的香港作家作品：也斯文友為他編的《喝一口茶》，就賣了近五十冊。

香港館有邀請香港作家來台嗎？有。邀請誰來台灣？答案是：香港新派中菜名廚 Jacky Yu。用飲食文化招徠，展示異地生活面貌，是國際書展為異地文化世俗化的方式；香港館辦到今天，都這麼多年了，還是未為台灣帶來可與台灣文化呼應的香港文化—— 文學作品、社運探討、香港歷史，以至於香港書店近況。這都是台灣讀者關心的。

香港館帶來小販美食，派發雞蛋仔，只是滿足了仍停在「口腔期」的、未覺醒的台灣讀者，美食的文化交流，不用官方推廣；全台灣剛享受著政黨輪替後的生

活，香港是不會，還是不敢，與台灣讀者分享香港現況？全台灣都在關注曾在香港生活的張愛玲特展，香港是不會，還是沒想過，可以配合當地書展主題，讓展覽有更大的迴響？值得香港館官方細想。

小販文化看來是值得推廣的，不過今天香港仍在沿用過時法例規管小販。今天把小販美食帶來台灣，自有它的意義；香港要怎樣做，才可保存這些值得在海外推廣的文化，如果不趁早檢討，撥亂反正，香港館工作人員今天擺的小販攤檔，真能吸引台灣遊客來港的話，怕只看到「管理員」毆打小販、警察趕小販的情景，想在街頭買雞蛋仔？休矣。如此推廣香港小販美食，圖文不符，尷尬之餘，也實在枉費香港館苦心矣。

書展以外，在台北

呼吸市集書香

採訪第十屆牯嶺街創意市集

牯嶺街曾是台灣最繁華熱鬧的舊書攤經營地區，由南海藝廊與官方機構密切合作，時至2010年，已在這裡辦了九次創意市集。今屆強調採集城市群像，首次從北京和香港引進獨立出版社的出版物（包括北京的家作坊、廣州的維他命藝術空間、香港的點出版與文化工房），來到台灣本土具歷史意義的街道展現華文創意，視域已超出本土其他街展。展覽以「書香市集」、「街道劇場」、「創意市集」、「馬路座談」和「藝術社區」劃分安排，在短短兩天，吸引逾二萬人次、有約二十家各具特色的出版單位參與，當然還有手作攤位與創意展示逾五十家。本文由我和劉美兒合寫。

　　文化工作者珍視牯嶺街這片地方，因它是昔日書籍活躍買賣的尋常生活延續，亦為當下民間分享公共空間、參與街頭運動的重要象徵。專營網上雜誌買賣的下北沢世代羅喬偉認為活動重申人書關係：「今次是牯嶺街創意市集邁入第10屆，以書店的名義參展，持續進行書籍的流通與販售。對我來說，就是一種『回歸根本』的特殊意義，它使我覺得有種使命感，激勵我更努力去傳遞人與書之間真正的價值所在。」現場最矚目的，大抵是以三輪車盛載書籍的攤位設計，也正好激發出版人的心思，難度與創意並行，正好回應台灣舊時代的街頭文化。布拉格書店主人銀色快手則以三輪車於街道的歷史背景，理解主辦單位別出心裁的用意：「三輪車有兩層意義，早先牯嶺街書肆發跡，是從滿載回收舊書冊舊貨的三輪車開始。這類的三輪車，至今仍有許多從事資源回收的業者使用，每日穿梭在大街小巷，提醒著我們珍惜舊物的心意。」銀色快手長期在台灣出版界遊走玩樂，今年年中正式自立門戶，開小書店。他自書店帶來一批高質量的二手書：鍾曉陽（台灣版）、黃凡及張大春等，並在攤位內舉辦拍賣活動，吸引不少途人圍觀。

小攤位　大可能

　　可惜攤位空間受限，不少獨立出版參展者都覺得三輪車阻礙動線：「若能有更大空間，應該更能顯出這次活動的特色。」一人出版社劉霽分享想法。逗點文創結社陳夏民，頭一回參展，強調「互動性」，規劃了「鑄鉛

活字印刷靜態展」、「紙給你」（插畫家現場為讀者作畫）等單元，重拾出版端與讀者端的人情味：「當初，牯嶺街的舊書商便騎著三輪車，挨家挨戶地收集舊書，這些收來的書本都沾著愛書人的汗，也因此才顯出其珍貴，就算參觀的讀者不曾經歷過牯嶺街舊書店百家爭鳴、讀者穿梭眾家書店只為尋寶的時光，也能透過時空場景的複製，重新體驗讀者與書店曾緊密接觸的人情味。」

專營台灣本土歷史整理及文化書籍出版的南方家園，去屆與一人出版社合租市集攤位，今屆再加生力軍逗點文創結社，吸引更多年輕讀者。效果如何？且看讀者反應：「有幾位十七八歲學生在逛完攤位後，認真地詢問去年底我們兩本兄弟書《大使先生》與《總統先生》內容，也因為我們去年的出版品多以左派歷史、拉美革命文學為主，對於不是生長在那個年代的年輕人，其實是很難讓他們對這些故事與脈絡產生共鳴的。」這大約是牯嶺街的參展意義：「台灣年輕人其實更喜歡觀察這種反動的文學與歷史還原的真相。這是我們欣慰的地方，左派的文學、歷史，並不是只有經歷過那個年代的前輩才會有共鳴，只要我們將之轉化，編輯成現代年輕人的語言與認知，其實年輕人對這些老東西更能產生共鳴，甚至有許多想轉化傳統再做創新的想法。」劉霽憶述去屆體驗，他認為參與市集並非全為賣書：「其實這種市集賣書還在其次，最重要的是跟讀者和同業面對面交流，幾個忠實讀者都會特地過來打聲招呼，聊聊天，希望長此以往，能形成一種默契，有如一年一度的同樂會。

同時在市集中也有機會認識了不少獨立創作人，未來

都可能成為一人出版社的一分子。」至於羅喬偉小攤展出的主題是「3 years 30 limited」，是他歷經三年累積所挑選出三十本好刊物、好個人誌、好攝影集，是獨具意義的三周年紀念企劃：「除了向大家分享我們對書的熱情之外，同時亦希望可以讓大家感受到我們選書的觀點及用心。」只有展出介紹而不賣書的口耳相傳，正好是種視野分享。

「馬路座談」

　今屆街頭展因花博而直接與間接衍生的「馬路座談」有二，一是探討城市綠色空間漸漸湮滅與民間對策，二是牯嶺街公共空間與民間力量。台北教育大學文化創意產業系主任黃海鳴是創意市集的幕後推手，他邀來詩人鴻鴻與同事邱詠婷談巷道與城市的溫度：「活動成效並非單純以賣得夠不夠、多不多來衡量，而是作品創造者與賣者之間的直接溝通，更加是創造者與創造者的現場交流。有些人認為這不過是關乎一小撮人的活動，但許多時候，他們會因為一些社會議題而緊密聚在一起。」就如其中一個攤位，以影像來寫信給政府，每人寫一句句子，拍一張照片，表達他們對城市綠地的渴求。面對過度城市化及資本主義發展的台北，曾以台北詩歌節名義參與創意市集的詩人鴻鴻，認為市集有前進空間：「牯嶺街活動在街頭上發生，反映台灣這片土地最真實的狀態及樣貌，它代表了一種『生活品質』。」這種生活品質大約可從他近年所編的詩刊《衛生紙詩刊+》看出。

　　講座會場本來是個小巴士站，就在牯嶺街小劇場前，如同公共空間與藝術之間的對話的象徵。鴻鴻描述誠品書店起初積極發售獨立出版作品，至今通路為甚麼障礙重重？若要已享受豐厚資源的人繼續堅持，一如以往，不是沒有可能，只是有點困難。談到官方藝術資源投放問題，講者認為文化活動仍然是官方推崇特定價值觀下吸納異聲的舉動，要你成為他們之內同時又在主流之外的手段，把異聲最小化。

　　提及台北詩歌節時，鴻鴻感慨社會資源一下子投在大型活動（如花博）上，官方也已沒錢安排給詩歌了。儘管如此，民間還是各自努力，抵抗在商業運作下被嚴重扭曲的城市生活及藝術發展。文化創意與經濟管理系助理教授邱詠婷認為創意市集是場運動，民間每個曾參與其中的人，包括在場只有十七八歲的、身穿紅色工人服的工作人員（她的學生），都在這場運動之內。她分析近年富商投放金錢給文化藝術計劃，到底是純粹商業包裝還是認真策劃的藝術項目，界線相當模糊：「現在很多財團亦發起創意市集，但你分不出誰是真誰是假。這跟牯嶺街創意市集差異很大。後者是充分利用公共空間，佔用街頭作藝術交流，意義不一樣。」我們不期然把牯嶺街和九龍城書節聯想起來——兩者同為大型或主流書展以外的出版交流陣地，沒有耀眼奪目的攤位搭建，也不必人流管制。可親的輕巧細緻及人文關懷，在自由的空間內，既造就另一種獨立出版展示、文化交流的可能，亦讓藝術聚落及重回民間，參與和分享，才是推動藝術的真正意義。

聖誕禮物書
逗點文創結社的創意出版

2010年可說是台北年輕出版力量冒起的年頭，其中以逗點文創結社最受關注，他們併發的創意未必為人所不能，可是在台灣出版不算景氣的環境，竟然有實踐創意出版的勇氣，則是華文出版界較罕見的。創辦人陳夏民與友自2011年8月開始，為節日主題的聖誕書徵稿：「目前逗點推出的多半是『純文學』作品，但也不排斥製作一些比較輕鬆有趣，但有一定文學重量的書籍，《聖誕老人的禮物》（下稱《禮物》）便是我們的嘗試，希望透過該書，提供一個入門的方向，來協助更多的讀者欣賞純文學之美。」內容有「文學圈夢幻組合」包括台灣詩人鯨向海、楊佳嫻、王離等，小說、故事、詩、繪圖、攝影和漫畫作品無所不包。這個在台灣罕見的結集行動，有太宰治單篇作品破土而出，也有當代兩岸作家的書寫痕跡，著名詩人鯨向海讚揚這次出版行動，並為書添上一詩。由夏天策劃，到冬天表演的一場出版節目，可謂精緻周密：每周向讀者傳出新書動向，包括該書的音樂會與交換聖誕禮物會，以跨媒體形式推廣新書，並有大量互動成果，向讀者徵集與書合影的亮麗照片。

　　他在牯嶺街接受劉美兒與筆者的訪問時，曾分享過行銷概念，認為每種書種都有不同的目標：「對我而言，書籍是否暢銷，作品屬性、品質雖然佔了很大的因素，但行銷才是關鍵。如何透過成功有效的行銷，讓一般讀者也願意嘗試純文學，並藉此開發類型書讀者的數目，才是一門大學問。」《禮物》並非純粹應節的作品，而是討論「聖誕老人」這門行業在童話世界的難度。楊照在近著《故事效應》也提到這行當的不可能，而《禮物》所討論的則是「聖誕老人是否相信聖誕節」，可延伸的是普羅職人對打工身份的不確定感，是故事力量對故事角色的留難與詰問。

「聖誕老人有沒有收過聖誕禮物？」

　　陳夏民所企劃的，在台灣一般只有雜誌才做，書籍較少：「原因就在收稿子麻煩，企劃若失焦，很容易就失敗。《禮物》的企劃發想源於這一個問題：『聖誕老人有沒有收過聖誕禮物？』有了核心概念之後，我開始思考聖誕節對於現代人，尤其是成年人，又有甚麼樣的影響。」他問自己：有沒有可能讓人看見一個新的聖誕節？有沒有可能讓人重新思考分享（贈與和收穫）的重要性？「由於個人因素，我十分在意『分享／互動』這個因素，總覺得長大了以後，曾經覺得重要的節慶氣氛似乎都淡了，聖誕節是其中一個，農曆年又是另外一個。為甚麼小時候引頸期盼的節日，長大之後反倒失去了興趣？若說現在的小孩子依然期待著聖誕節和農曆

年，那麼原因便很明顯：人長大後，會失去某些特質，可能是好奇心，也因此一個人所能觀看到的世界，便狹隘、單調了很多。」於是，他就發信給創作圈朋友，問問關於聖誕節的想法：「畢竟我們是以交朋友的心態來做出版的，希望與優秀的創作者交朋友，也希望能和讀者博感情，我相信包裝精緻、內容精彩的書，的確能讓參與的創作者和購買的讀者滿意、開心，至於銷售成績當然就由我來承受了。」

陳夏民每周發送的文案最精采的，就是跨越文類界線，嘗試以書籍題材本身的故事性質，說書一樣跟你談新書。就在題為《空無一物的襪子／收信人不明的卡片》的「故事」裡，他想像聖誕老人的遺憾：「全世界最棒的工作，應該就是聖誕老人吧？只要在聖誕夜當晚上班，其他時間就躲在北極的小冰屋裡面讀信、看書，沒事就騎著馴鹿去打獵，生活好不愜意？不過，送了那麼久的禮物，聖誕老人卻始終有一個缺憾：『我很乖，但為甚麼我從未收過一件禮物？』」並且連結別的童話故事，介紹書籍設計：「趁著值勤前的空檔，他向賣火柴的小女孩借了火柴盒，站在冰天雪地之中劃下火柴許願，偷偷對著天空說：『請給我一個聖誕禮物吧！』」《禮物》最動人之處，就是細心的「禮物」設計──以「火柴盒」來包裝，讓讀者不用包裝花紙，便可送給朋友。一如陳夏民所願，台北女生全都對書愛不釋手。聖誕大家也許未必收到合意的禮物，床頭掛好的襪子仍在等著。如果想讀一讀台北創意，不妨到旺角序言書室走走，做個送《禮物》給自己的聖誕老人。

台灣文學獎不敗又如何

訪問趙佳誼

2011年，諾貝爾文學獎揭曉前，台灣作家張大春發表一則與文學獎的「決別書」表明心跡，從此不再擔任文學獎評審。該文為甚麼在當地引起廣泛議論，事緣台灣的文學獎已有至少四分一世紀的傳統。當年由大報（如《自立晚報》）辦起，由幾個編輯與作家投票選出入圍作品再討論打分，後有法人機構、民間社團與私人主辦者，風潮自台北延至台中與台東。

其時，趙佳誼不斷發掘年輕作者，希望找到合適人選，把他們納入商業出版線。據他觀察，台灣每年要頒的文學獎獎項，大大小小不下二百個：「你讀世界文學，並不會反映在你奪得文學獎上面，那是你自己對於閱讀涉獵的涵養；你愈多讀台灣得獎作家作品，反而更有機會獲得文學獎，因為你比較知道評審老師對於甚麼作品比較接納，哪種作品矚目度比較高，有甚麼文學技巧是得獎必備的……多半你要獲獎，就一定要去找這種考題……」作品未至於千人一面，卻因文學獎評審者的口味與習慣，導致張大春所說的「同質性極高而個性與創造性極低的作品」。

年輕人追夢有津貼

趙一直從事文化工作，從翻譯「散工」到開書店、搞出版，親身體驗了台灣近年文化風氣，並對台灣出版有意見：「台灣（青年）對歐陸文學認識不多。據我所知，大陸在許多年前已譯有Tomas Transtromer詩集，可是在台灣，許多詩集不曾有中文翻譯。台灣出版界通常在得知諾貝爾文學獎入圍的作品當中，先準備一下，看獲獎的是誰，然後在發表的當天，立刻請評論家與學者對諾獎發評論。」因為商業出版的操作會比較傾向去做一些有把握的、有名聲的、在暢銷排行榜上跑的作品，反而對歐美主流的嚴肅文學作品，沒有那麼具系統的介紹，往往是點狀的：「這兩三年開始有歐美作品重新出版，因為我們的譯本比較少，有出版社獲作者授權，

重新包裝出版，賣得非常好。」《麥田捕手》就是個顯例。

　　談到文學獎對新人的出版意義，以往凡有新人結集，大家都會因為文學獎的口碑而買，今天則會持續關注卻不「敗」（buy），只因文學觀點與看法都沒有改變：「沒有年輕的作家當評審，都是老一輩的作家，他們對文學都有（既定的）看法，這麼你可以想像會評出甚麼作品。」這些包含上一代文學人眼光的作品，再難在商業出版佔位置。文學獎權威漸漸被動搖，作品放在書店叫好不叫座，間接導致台灣書店放置本土文學作品的位置，長此下去，再搞一千個文學獎，都難在出版方面有鼓勵作用。

　　不過，台灣鼓勵年輕人投身文藝的方式，又豈止辦文學獎？環島、流浪……每種計劃都有生活津貼，要你不枉青春，甚至以出書作結，讓年輕人豐富人生。假如文學獎終被淘汰，在這多元豐富的文化版圖上，還是有可走的路。至於香港如何？寫完個問號，不知所云。

台灣文青去旅行

訪問王盛弘、張子午、巫維珍

台北有遊不完的原因。在王盛弘筆下才幾個小地方，卻寫出一般遊客難以察覺的空間。這種文學描繪力，源於作家對書寫的追求：「書寫的自我救贖與藝術展演，兩股力量推動著我的創作。創作首先是面向自己，與他人無涉，而我尤其藉著文字反映個人在人世間走闖所留下的悲欣，特別是那些刻印在心上的褶痕與瘢痂……

　　寫景不止於寫景，通常是為了映襯、隱喻、象徵人的內裡。固然他人內心可以透過想像、模擬、同理心來靠近，但我小心著不要擅自替他人發言，因此回到我的內心角落。」這位七〇後的創作基礎畢竟深厚—曾獲十多種文學獎：「文字既歸納我的過去，也引領我走向未來，所以以無可遁逃的散文寫《一隻男人》、《關鍵字：台北》，逼視在傳統文學裡多半躲藏在小說的虛構與新詩的各自解讀的大纛之下的，個人性向與欲望。」把台北收為私我紀實，為他這輯遊記文字，梳出景我交通的複雜肌理。

《關鍵詞：台北》

　　一般遊記容易被風景征服，王氏卻能彼我兼顧，並談形式：「甚麼樣的內容宜於以甚麼樣的形式表現？內容與形式固然是一體兩面，但若把文學當成一件獨立存在的藝術作品，形式卻往往更具有決定性的價值，在這一方面就不能不說有文學史的意識，所以我寫《慢慢走》（新書），以符號當題目，試圖做文學前輩所未曾做……風格也往往成為一名寫作者的慣性或負擔，在鍛煉／建立風格的同時，我期許時有破格之作。」

　　作家筆下的旅遊文學，真能突破一般的雅致或閒適：「我的創作不乞援於靈感或即興，卻相信勤能補拙、依賴科學的眼光，某些重要題材經過長期到甚至多年的思索、醞釀，一再書寫完整的草稿，不斷修改、調整和重寫，無非希望找對所有構成作品的基本元素……」主編

巫維珍談起此書時，回顧近年為華文作家的旅遊文學，屢獲佳績：「特別是香港記者張翠容的《中東現場》、《拉丁美洲真相之路》，在香港的銷售特別的突出。

文學創作也是我們要努力的方向，在台灣文學創作以『小說』為主要方向的狀況下，《台》作者王盛弘寫作散文多年，是很難得的，他的作品多次入選台灣極為重視的『年度散文選』，部落格也超過60萬瀏覽人次，也就是說他的作品有相當好的基礎質感，同時也在網路上與讀者作最直接的互動。」維珍分析近年台灣出版現象：「中文創作的確面臨不小的考驗，尤其是翻譯文學大量的在台灣出版，更是刺激本地作者花費更多心力去說一個『好故事』。我們也正積極尋好看的作品，很感動的是，《台》出版當時，獲得白先勇老師的推薦，在台北、台中、台南誠品舉辦發表會時，都來了相當多的讀者，王盛弘之後也演講了幾十場……」

《直到路的盡頭》

「對我而言，流浪的日子總有一天結束；對無鄉的人而言，旅行就是生存。」張子午的旅行定義，令人動容。這男生獨自騎自行車，橫跨歐亞大陸，靠兩條腿踏出世界，開往葡萄牙羅卡角，並寫成書：《直到路的盡頭》。張子午是七〇後，申請了雲門舞集的「流浪者計畫」部份補助：「主要是林懷民先生的理念，想鼓勵台灣的年輕創作者到陌生的世界探索，甚至得到滋養。」回程後又申請國家文化藝術基金會補助，於是出書。

　　筆者先探問實際問題：這等瘋狂行為，如果沒有補助，也會去幹？「我想不管是旅行還是寫作，經費來源都是最棘手的問題，所以就算我沒有申請到這些補助，還是得先找到賺錢的管道才能實踐。總之是一定會幹的，只要錢的事情解決，不論是怎麼掙。」熱情是最誠實的湧動，不是噱頭。編輯分享了她對《路》的看法：「許多人寫遊記，其中也有許多優秀的作品。雖然這是子午的第一本書，文字或許不夠成熟，但在字裡行間，我看見了『真實』，這是很難得的特質。」這種「真實」讓筆者產強烈好奇：是否已全都記錄下來？子午趕忙回應：「當然並非全數記下，否則就成為流水帳了。但整趟旅程的核心，有把握已經很清楚的表達出來了。刪去較多的，是一些重複的情緒：身心的疲憊、沉重、失落……整本書內有不少很私密的蠢事，還有些更不恰當公開的，自然也會省略。」

　　編輯則在旁發表她先睹為快的「讀後感」：「子午在旅程中不斷地、誠實地挖掘自己的內在，這是與其他旅遊書不同之處。如同書裡所說，他漸漸發現，遠行是更輕易的選擇，有時候它其實是一種逃避，逃離令人窒息的日復一日的平常生活。然而，想要逃離的，始終都在我們心裡。因此，我們都需要更真實地面對世界，面對自己。」子午回憶上次中東之旅的「放棄」念頭：「是去年夏天『穿越中東』的旅程，在阿拉伯世界惡劣的自然環境與不友善的當地人雙重折磨下，完全的心力交瘁。我這本書是關於兩年前『橫跨歐亞大陸』，就從來沒有放棄的念頭了，無論如何，我都相信自己可以朝

著終點一路往前。」探奇欲試的讀者或會失望。此書沒有器材裝備目錄、各國攻略指南、美食情報和熱門景點。書中所及的，有哪個地方是子午最渴望久居的，在這則訪談則可讀到：「如果不考慮太多現實條件（如怎麼在當地討生活），那我心目中一直念念不忘，想重返、長住的地方是土耳其。土耳其人對旅人的熱情、善良、溫暖，在我的經驗裡是全世界絕無僅有的，壯闊的高原與海岸，及蒼涼的民歌音樂，不只是對靈魂的撫慰，更使我覺得：對，就是這裡了！而研究它近代紛擾的歷史，以及當代民族主義高漲的氛圍，卻是與自身美好經驗相當衝突。這樣的反差的是一種反省，也是刺激，一股推進生命往前的動力。」

中場休息

rk Prague

卡夫卡與足球熱

佔領布拉格的歐國盃

2012歐國盃，捷克出線當晚，我在伏爾塔瓦河（Vltava）左岸的一家旅館看電視直播，效力德甲的捷克前鋒積拉施克（Petr Jirácek）控球越過禁區，跨過波蘭後衛攔截，左腳仍未著地，右腳已拉弓施射，球撲進網時，他的姿勢如舞者。此刻布拉格所有古老建築外牆都成了傳聲筒，自遠而近，歡呼聲傳到這裡時，電影畫面已轉換過去：奇妙的音速。這種程度的喝彩，平生第一次聽見。球迷隱於市，每家每戶都在為自己國家出線在望而歡呼。

捷克在小組賽以1：4敗於俄羅斯後，這支無人再看好的球隊更無畏，在其他組別的鋒芒以外，演出一幕幕谷底戰，反彈出線，晉身八強，非常勵志。捷克當地電視台體育頻道，以門將施治吼叫作為歐國盃的片頭；晉身八強後，不斷重播關鍵入球的片段，加插曾在歐國盃戰勝葡萄牙的精彩過程，整個國家都在慶祝著甚麼似的。捷克在出線當晚，不知道誰在伏爾塔瓦河放了十分鐘維港式煙花……其時，捷克仍未有入球進帳，而上場以2：1壓倒希臘，再勝一仗，才可確定出線。可憐香港有場煙花沒人投資，幾乎放不成，捷克煙花則可放得這麼隨興？

布拉格與卡夫卡

布拉格舊城區有汽車公司擺大龍鳳，於廣場上設置一個益街坊大屏幕，當地球迷不用蒲吧也可睇波。令我記起2010年遊荷蘭，在海牙火車站有可樂公司在大堂升起大電視，並在月台盡頭設了臨時看台，旁有年輕人在派免費可樂……荷蘭有這種創意擺攤尚可理解，捷克這個在八〇年代仍奉行共產主義的國家，今天竟可瘋狂得連自己最顯赫的旅遊區都樂於租讓，情何以堪。

歐國盃的吸金力如何，看看廣場長期擺設的市集物價便知一二：鮮果杯每100克47克朗（時值港幣23元）；每瓶啤酒在布拉格超市最抵價是3.9克朗（時值2元），這個搶錢市集敢賣40至60克朗（時值20至30元），很想要吧？請排隊。看來，像我這樣的一個旅人，要在這裡

度過歐國盃的日子，一點也不易：第一項觀光工作是，拍照時避開廣場上所有宣示汽車品牌主權的藍色旗幟。舊城區是當年猶太裔作家卡夫卡（Franz Kafka）的成長地，好些（收費的）觀光地圖為卡夫卡活動範圍圈圈點點，舊城區的圈與點就如亂槍掃射後的彈孔。要是你在傍晚逛這個廣場，想去看看卡夫卡其中一座故居（天文鐘右側一幢建築），你會發現那外邊擠滿睇波的球迷，你連站也站不穩。至於那個可憐的工藝天才所造的天文鐘，在它響鐘的時刻，碰巧滿街球迷都為葡萄牙球星C朗喝倒彩。歐國盃當前，想要文學散步的旅人所踏的並不是卡夫卡足跡，而是捷克人此刻仇視C朗的心路歷程。假如你仍迷信赫拉巴爾（Bohumil Hrabal）所述，每逢周四都有人在書店門外排隊等候新書出版這類人文風景，歐國盃告訴你，此刻的布拉格，是屬於球迷的。

布拉格每間酒吧都提醒大家歐國盃賽程，儘管啤酒供應商沒有贊助專屬餐牌（廣告無處不在），捷克人仍樂意響應這些充滿經濟效益的賽事，在那些小黑板上繪畫不同國旗，令我想起香港茶餐廳在門外白板手抄幾個國家名字的那種麻甩求其，於是，你會原諒酒吧侍應飄忽的眼神。至於地鐵站的宣傳，在Mustek車站轉車的地道長廊兩旁，有個充滿現場感的塗鴉，先有小組賽、決賽與總決賽的計分板畫框，第一次經過，歐國盃才開始，畫家畫了比數；捷克出線翌日，畫框已填得七七八八，成為一個與歐國盃同步的藝術創作，例如英格蘭險勝烏克蘭的那場，畫家惡搞莎士比亞的to be, or not to be，寫成to win, or not to win，諷刺那個誤判烏克蘭入球無

效的底線裁判。

捷克晉身八強首仗面對C朗的葡萄牙，當晚我懷著好奇跑到舊城區觀戰，開賽前五分鐘，廣場球迷已擠至天文鐘前，離屏幕有近百米。球迷都是支持捷克的，偶然看到幾個穿C朗球衣的少女，一臉無知，混進捷克球迷的人群中，生死未卜。有好些青年已把國旗披在身上、畫在臉上，手握啤酒，甚有球場feel，見這盛況始知旅人多管閒事：捷克人看來不介意被生意佬佔領廣場。葡萄牙C朗這個球迷公敵一出場，即有人起哄。賽果證實他們甚有眼光，正是此子令捷克八強止步。

假如捷克在歐國盃未被淘汰

為何他如此深得捷克心？此人其實是足球演藝界才子，早年專門「插水」佯裝被人侵犯，又以「插花」賣弄胯下技藝兼獨食而成名。有球評家形容他一點也不獨食，擅長傳球：「看他左腳傳給右腳，右腳又傳給左腳……」捷克這隊剛在小組一振士氣的球隊，要應付藝人，只能靠國家最大希望：門將施治。這個英超車路士的門神是撲救十二碼的專家，捧過九次盃，受國家肯定，連續七年獲捷克足球先生獎（比起香港知名的年輕門將，施治更應該寫一部傳記），意味著國家隊這些年來，仍在等待另一個球星的誕生。

我只看了上半場，便決定潛逃旅館。結果，整個布拉格沉寂了好一陣子，街上就傳來不少爆樽的玻璃破裂聲，很傷心酸辣。C朗在鏡頭前貫徹他演藝生涯的苦練

成果，浮誇地做了個令捷克人握拳的鬼臉。哪管他平日有多討人厭，有沒有傳球給隊友，射門中了多少根柱，只要入球就是王。門神施治賽前說，C朗左右腳都能射門，頭槌也不容小覷，結果被他「開口中」，C朗一記頭槌吞掉捷克。捷克國家隊教練賽後說，捷克球員體能不足是戰敗原因之一。假如捷克在歐國盃未被淘汰，說法未必一樣，街上也會少一點玻璃碎片，說不定還有煙花可看。

　翌日，國民若無其事，他們如常跑去舊城觀賽。地鐵站那個即事塗鴉，在捷克對葡萄牙的計分板畫框外，已畫了個哭泣的人，沒有畫上怨和恨。

以林書豪之名

在NBA這個殘酷的運動職場裡，就是個製造偶然的體制：每年都有球員被閒置、流放，人球一樣被球隊拋來拋去；偏偏NBA這個聯賽品牌，經常以where amazing happens普渡眾生，敬告觀眾這是充滿「偶然」的、誕生奇蹟的地方，而沒有一個知名或資深球評員不敢不附和奇蹟論，面對迪士尼旗下的ESPN頻道的鏡頭，也不忘浮誇一番，在amazing一字發音時延宕一下，以增加讚歎語調，讓勵志故事有了可資引述的言談氣氛：到底下一場林書豪會使出甚麼招數？這是2012年的觀眾所關心的。

　　林書豪真是個勵志故事嗎？有這想法的人至少有兩個誤解：一是對NBA專業化程度的，一是對運動科學的。ESPN的Sport Science頻道發佈一則以林書豪為研究對象的短片，間接說明了這個未來偉大球員的故事一點也不勵志。在片段中，林書豪能以少於一秒鐘的時間，自0mph提速至10mph，於是，我們便可看到他怎樣在著名球員高比拜恩左肩擦過，而這種擦肩而過又須經歷哪種程度的訓練才可修成正果，不斷向NBA提供讓球星丟臉的片段？可以肯定的是：這不是偶然的。

　　林書豪的投籃速度，早已達到著名專業射手如當年波士頓20號韋亞倫的水平，速度之快，就連七呎一吋高的球星都來不及伸手攔截。至於角度之精準，這個運動科普頻道告訴我們，以科學角度看，投球最準繩的角度是48度，而林書豪幾乎每次出手都是48度上下，與標準的差距極小。

　　這種精準可以怎樣形容呢？大家可以想像以前玩Angry Bird時，每次都能用相同的角度擲出，而落木的效果也一樣……對啊，沒可能吧。在NBA職場裡，那程度的準繩，卻是射手的基本盤。假如你有留意髮線積極地往後移的大帝勒邦占士，在開場前的熱身片段，就會看到他常常在球場的另一端，如何用右手單臂把球拋出，籃球如何途徑35米距離而命中籃框中央的片段。遊戲無聊嗎？這正正說明職業球員的確是沒有「不可能」的。要成為職業球員，就要make it happens。林書豪在這個意義上，只是履行他職業球員的本分而已。

後備球員變主攻手

最近控告中國品牌喬丹體育公司侵權的籃球名宿米高佐敦，在1992年巴塞隆拿奧運比賽時，曾説過這番話：「我有絕對的信心可以擊敗他們，因為我有更佳的練習態度。」再細聽這句話：他不是説有更佳的能力，而是説有更佳的練習態度。這句話，説明了NBA球員的刻苦。奧運籃球在世界球壇上，有更多比NBA發生的所謂奇蹟：一個寂寂無聞的落後國家球員所發放的光芒，比林書豪所發放的，一定大得多。林書豪在比賽中的好表現，的確只是訓練成果：「他有很好的投球姿勢⋯⋯他投射可謂百發百中」，2011年夏季為林書豪訓練跳投的訓練員如是説。經常與林書豪在訓練時間打球的隊友，對他初以正選上陣的出色表現，不感到訝異，指他在練習時的比賽，已能打出那種水平。於是，我們可以想像，早前他在最後數秒出手，投射一記絕殺險勝對手的三分球，他到底練習了多少次。而隊友不會問：為甚麼如此重要的一球，要交他負責。可以推想，其實大家早在比賽練習中，知道由誰控球至最後一刻最穩當。這種默許，正好告訴林書豪的球迷：隊友比我們更早了解林書豪有這種能力；球迷的瘋狂只是集體地後知後覺。

當年，米高佐敦也在後備席裡待了一些時間，如林書豪一樣，與後備球員一起練習過；他如何出道自是另一故事。在where amazing happens、I love this game之類的口號出台前，NBA這場遊戲是玩得非常認真的一門工業，就連代言球鞋也度身訂做，球鞋公司研究米高佐敦的腳

板與足踝，看看要怎樣做鞋，才可讓代言球員安全地比賽，並讓這個跳得像飛行一樣的球員，自半空地時，用哪種氣墊才可減去自由落體所帶來的壓力，避免球員受傷。這種科學化的做法，成為球鞋定價高昂的元兇；而當年熱愛籃球運動的人，都不介意花一二百美元買一對可保護自己的鞋──當然，大部份運動者都不需要米高那種保護──據說，米高除了可在空中維持一段時間外，還可在不用衝刺的情下原地跳高，一手抓住籃板頂端。

　　林書豪又是怎樣誕生的？全賴中年才自學籃球的父親，買來多盒球星VHS：林書豪因此擁有八九〇年代各個名宿的影子，是美國最傳統的籃球動作。他當然沒有米高那種跳躍力，卻能在高個子的竹林裡穿梭，以起跳來爭取出手時間，在空中保持平衡，爭取停留時間，以騰空力來彌補高度的不足，中途還可選擇起手或傳球。愛在各國招兵的小牛班主古賓，是NBA裡最愛上鏡的班主；平日作賽完畢，在場邊友誼擁抱的都只有教練與球員，班主這種幕後「富豪」（「哪個老闆不是富豪」）就只負責支薪與應酬而已。有記者故意在他面前提起這事，只因古賓是林書豪的第一個伯樂。可惜，古賓在NBA的制度下，要組織更理想的球隊，不得不放棄他。上周，林書豪面對小牛這支衛冕聯盟總冠軍的球隊時，傳媒説他打了「爭氣波」，在前班主面前證明了自己的實力。冤有頭債有主：假如不是賽制所限，古賓得了個年輕的後衛接班人（現役控球後衛是NBA中的湯告魯斯：莊遜傑特），難道會放過林書豪嗎？NBA就是連失

意球員都可塑造出來的工業體系。

　　林書豪簡直是日本的運動漫畫情節直接植入：家庭的影響（在球場上樂於傳球是他母親「指使」的）、專業化的修行，只差「稱霸全國」尚未達成。觀乎今天傳媒，林書豪所創的「奇蹟」，有關他勤於訓練的部份，已被功利如申請專利、搬進大屋之類的信息浮誇地淹沒，並不斷製造「下一場」的期盼與猜測。當他在那場所謂「面對高比」的比賽中，獲得職業新高38分之後，紐約人的賽事轉播即被多家亞洲的電視台購入。

是「台灣之光」還是「浙江之光」

　　談談「下一場」的林書豪，就成了促進NBA轉播權交易的業績增長的最佳宣傳者。只要有華人聚居的國家，大家都很樂意轉台看看甚麼「台灣之光」、「浙江之光」。冠以國籍沾光當然可笑，不過全球的林書豪狂熱，的確在民間產生影響。台灣作家楊佳嫻在臉書曰：「早上去市場買水果，一個中年太太，一面挑蘋果，一面喃喃自語：『不知道這一場他打得怎麼樣了？』旁邊另外兩位太太聽到了也立即加入關於控球後衛究竟扮演怎樣角色的討論。」看來大家都很樂意做林書豪媽媽。

　　NBA販賣的是直播權與轉播權，運動服裝公司販賣的是以球星作為品牌的（中國製）產品，把從前與米高一同開發的球鞋科技資產化。一座室內運動場能容得下多少人？門票怎會是收入來源；球員一旦有甚麼好表現，NBA一定把握機會，讓大家曾期待的角色終於出場，

然後把大家的各種期望在那球員身體上種植。

　　遊戲就是這樣玩的：今次能意外地達成跨國大業，連帶以紐約人為品牌的上市公司股價急升，與NBA相關的老闆級別人士賺到只見半邊嘴。假如來年NBA又有勞資糾紛，我是NBA資方的話，我一定指明要勞方派出這個代表來談判：有史以來第一個成為美國球員代表的華人。劇情亮點一定是這個：NBA年薪最低卻又表現最佳球員，終於與資方達成共識⋯⋯林書豪與資方代表握手，拍照。

　　這才是奇蹟。

邊走邊看邊問

利物浦雙年展（2012）

2012年9月中旬，香港藝術發展局邀請多家傳媒到利物浦採訪雙年展。這個耗資數百萬的活動，由香港藝術館策展，藝發局及康文署協辦。在藝發局的友善安排下，先與「身是客」主題的藝術家，坐在作品旁採訪。我去了近十場雙年展講座，從講者之間的交流，聽出歐美藝術界之間的競爭和差異。講座後，我跟幾個藝術家做很簡短的訪問，其中一個來自法國，多年前已常到中國大陸交流，有不少經歷，稍後會在本版報道。利物浦不乏願意貢獻文化事業的金主，並用獎項名義往中國大陸邀請年輕藝術家駐英創作。

我在一場講座上，聽了幾個80後藝術家的分享，其中一人說，他在內陸地區生活，從來沒見過

海鷗，就是美術學院要他們交素描功課，都只是
拿來動物標本：「感謝這個獎，讓我終於見到海
鷗。」可惜的是，他的油畫作品並沒有當代中國
藝術家的那種憤怒，暫時只看見他所畫的英國街
景與靜物。在雙年展的主場館，同時有莫內晚年
作品展。看完莫內，爬一兩層樓梯就看到雙年展
主題展覽，當中有香港藝術家白雙全。那是一間
黑房，進場的人都要拿一部數碼相機，如想看展
覽內容，就要用相機即時拍下，在鎂光燈閃亮
的那刻，能看見他用官能局限來實踐的藝術品。
看見香港創意在利物浦展示，想像明年政府要花
1000萬來辦的威尼斯雙年展，會是怎樣的一個光
景。

多得政府機構如香港藝術館、康文署和香港藝術發展局三大推手支持，讓幾個香港藝術單位第一次赴英參展。與此同時，著名香港藝術家如程展緯、白雙全都在英國展出作品，而白雙全更是利物浦雙年展的參展藝術家。不過，從香港專程為開幕禮飛抵利物浦的高級官員在致辭時，竟然沒有提及二人，反而提到李小龍和成龍：「正如你們有披頭四，我們有……」我不知道在場外媒有多少，只知道港媒共有八家，走了八千里路來聽這段講辭。首席發言人是藝發局主席王英偉。也許應該在演講時稍提其他香港藝術家，而不是以香港武打演員來形容「走出香港」、「世界知名」的陳腔濫調？有趣的是，早在兩年前，白雙全的作品正因藝發局主導的威尼斯雙年展，獲利物浦TATE主動引進，已成為利物浦藝術資產。假如王主席知道自己在主持的藝發局有此功勞，或是得悉當代藝術光譜中的香港位置，為甚麼不提一兩句，反而說香港有甚麼演藝界人物？

訪問白雙全：香港藝術家被缺席風波

在開幕禮上，三個政府機構負責人輪番發言，教人意外的是，發言都屬同一類官腔，內容竟也重複三次。這些陳辭，對外地媒體了解香港藝術家特色，又有甚麼作用？我帶著這些疑問，試從政府前線職員探口風……香港官辦的藝術展在細節中露餡，並不稀奇。白雙全為甚麼在官腔中缺席這個雙年展？根據在場藝發局職員的解釋，他們其實早就知道白雙全也有參與利物浦雙

年展，所以這場開幕禮也有請他來，並在宴請官員、合作伙伴與藝術家時，請白雙全出席宴會。言下之意，其實是「我們也有照顧其他香港藝術家」，她鼓勵我如有其他問題可以問「藝術館那邊」，畢竟他們才是策展人……即是説，她們的身份是協辦，而不是策展。當晚，白雙全在facebook分享想法，吸引不少傳媒關注。翌日，我訪問他事件由來。原來他在事前並沒有收到邀請，「他們只叫我去吃飯」。白雙全身為雙年展主辦方The Unexpected Guess的香港藝術家（與Elmgreen & Dragset等著名藝術家同列其中），對香港政府的安排都很unexpected。他並不介意藝發局有沒有提及自己，只覺得今次資源錯配的習慣仍如舊貫，非常感嘆：「為甚麼邀請香港大眾傳媒前來，而不是邀請香港藝評人？」而這個開幕禮，好像也沒遇見兩三個外地媒體與藝評人。以他所知，其間曾有藝術團體主動查詢，希望可隨團見識，不知道有甚麼原因，未有成事。某電台也因隨團問題而引起爭議：限於媒體名額的規則，文化部與某節目統籌兩部門之間，僅有的名額竟落在後者，文化部未能隨團，聽來有點不可思議：推廣香港文化，卻不讓電台文化部出訪……為甚麼這些好事竟成為衝突與矛盾的來源？

「他們沒有用一個『發展香港藝術』的心態去對待香港藝術，只是在行政上想去完成一個『贊助的藝術項目』。」白雙全點出政府多年的積患之餘，又以藝術家角度去思考政府主導項目的弊端：「若藝術家用這種心態去創作，你可預期他的作品只會是行貨之流。因為

主要的資源都在政府手中，有更高的國際藝術的視野，對本土藝術發展有更準確的拿捏，是民間很合理的要求。我從現實的情況看現在香港的發展：在未有觀眾和表演者之前，這個舞台太大了。」簡言之，政府打算派資源來做一場大龍鳳之前，理應先為藝術家尋找合理的生存環境。開幕禮完結時，三個官員向藝術家友善地招手，要來拍張團體照。我留意到，他們好像沒有向白雙全招手⋯⋯前線職員的理解是，白雙全是雙年展大會邀請的，在另一邊（另一個館）；而藝術館所定的主題則名為「身是客」，由梁美萍、周俊輝、「Co-Lab+好地地」三組同時在開幕禮這場館展出，性質不同。

Ms Chow Chun Fai

「另一邊」三字，的確可圈可點，正正顯示政府對今次雙年展的認知程度。白雙全解釋甚麼是「另一邊」：利物浦雙年展其中一個主題館是TATE，而香港「身是客」則在City　States參展，二者分別在於，主題館由一個受國際認可的主辦方策展，而City　States則由應邀城市自行策展。假如政府知道這種分別，在主題館展示作品的白雙全缺席於官方陳辭，看來只有幾個可能。一是政府根本不知道白雙全在主題館。不過，這可能已被前線職員否定了。二是政府在國際藝術展的認知匱乏。可是，相關機構都曾為香港於國際藝術展上安排周到，經驗豐富⋯⋯三是相關機構在合作方面，未有經驗。單看三個官員發表同樣內容的講辭，即知道他們有沒有仔細分

工；王主席在介紹周俊輝時，説錯了Ms Chow Chun Fai，更令人啼笑皆非。到底整個合作和架構出了甚麼問題？白雙全認為那是政府對策展者身份的理解，與國際藝術界之間有不小的差異：「政府機構策展是對老闆負責，獨立策展人則是對藝術家和觀眾負責。」我追訪City States展館中的台灣部份，原來台灣以往的做法是，以法國名義來邀請策展人策劃與參展，剛巧今年5月，台灣在英國正式成立海外文化部，邀請旅居英國的經驗策展人李佳玲主導。我同時採訪了策展人、文化部職員與藝術家，發現她們的導覽與藝術家要談的理念非常吻合，明顯是合作順利的成果。文化部職員見香港的開幕禮，倒感到政府對藝術家的重視。他們也許不知道，政府主導所得的聲勢和所付出的代價，是正比還是反比。

為甚麼政府要請香港傳媒？香港藝術家出境明明可以在國際上獲得更多外地傳媒關注，到底相關機構花了多少時間邀請外媒，讓香港藝術家在國際上有更好的起步點？以上是白雙全發問，要是你問那些勞心勞力卻未獲全盤認同的官員，或者會有個交代──是交代，未必是答案。

訪問周俊輝：文化界功能組別不代表文化界？

早前，「體育、演藝、文化及出版」（下稱「文化界」）功能組別選舉宣佈結果時，有個青年站在前香港藝術發展局主席馬逢國側。按理青年大可接棒，成為立法會內一股新力量，為文化界功能組別添改革動力，就

連黃耀明、梁文道、靳埭強、陳育強等也拍片力撐，可惜還是被拋離500多票。他是周俊輝，八〇後，工廈藝術家關注組主席，一直連結文化界，關注工廈活化所衍生的問題。他以油畫模仿電視新聞定鏡的二次創作成名至今，應邀出席多個國際畫展；今次參選，旨在揭示功能組別的荒謬：文化界功能組別未能代表相關專業的工作者發聲。周俊輝鼓勵文化界人士以一人一信方式，去信香港藝術發展局，請局方二十多名委員聽聽文化界的聲音，才作投票決定。

「我來到利物浦才知道《明報》有報道。」我在利物浦雙年展會場碰上他，趁機會拉他到角落八卦一下：「這樣做並不是為拉票，其實我們明知道結果是甚麼，搞笑的是藝發局的回信……」那封信被網民廣傳，有人認為是「光明正大的黑箱作業」，周俊輝有另一個看法，與藝發局的歷史有關。他分析藝發局委員的產生方法：「經歷這些年的制度改變，藝發局其實已經盡了力，可惜自從何志平任主席那年開始，民選委員的比例仍不比委任委員。」換言之，藝發局內委員制度本身，已存在具爭議的部份：到底有多少個委員代表文化界？他認為，藝發局近年增加了民選委員的名額，是個進步，可是仍未足夠，單看這次事件已知一二。

藝發局今次醒目，回信給周俊輝時公佈結果，非常透明。一人一信的民意中，馬逢國0票；委員投票中，馬逢國13票。而去信者共146人，投票委員有22人。即是說，委員近六成票投到馬氏，這些投票者到底有沒有理會去信者？看看藝發局回信，一目了然：「藝發局行政

總裁周勇平先生已於2012年9月9日，按照藝發局大會的內部投票結果代表香港藝術發展局投票予2號候選人馬逢國先生。」民選制度有改善的需要。至於如何改善，冤有頭債有主，再問藝發局也相信問不出答案；下次有相關行動的話，周俊輝可考慮直接向民政事務局敲門，因為委員編制與規定，並非藝發局能自主的。

周俊輝參選，就是給市民看看這個結構問題，讓大家一同想想，有沒有方法改善藝發局委員制度；長遠來說，當然是要取消功能組別。至於今次由藝發局有份協辦的利物浦雙年展，與香港藝術家如梁美萍等人同行。可是，參展者都不知道，為甚麼自己被選中。聽說，這次參展花了三百萬……看來，局方需更健全的架構，讓廣大市民都知悉這些過程，並公開如何運用這筆公帑。

周俊輝以成名動作模仿一個宣傳香港的政府宣傳廣告，展品獲著名香港作家梁秉鈞以詩回應。選舉活動的確佔了他不少時間；選舉後，他的藝術生活回復正軌，並因今次行動，連結更多關心文化界和功能組別的人。這個青年，四年後仍是青年。屆時，藝發局委員制，會有改善嗎？功能組別仍存在嗎？走著瞧。

訪問香港藝術家：梁美萍、周俊輝、葉子僑和CoLab

2011年，一群藝術家與文化人在網上組成「我們需要真相」群組，發起聯署，要求香港藝術發展局與M+公開參展威尼斯雙年展前的詳情。面對浪接浪的民間訴求，藝發局與M+出席了十月舉行的圓桌會議，會上有人提

出，希望藝發局公開以往甄選紀錄和徵收作品的方式，也要求藝發局交代二者合作關係如何。利物浦雙年展，就在這些聲音的交響下舉行：香港政府應邀參展英國利物浦雙年展，藝發局聯絡我時，強調這是首次有香港藝術家參展，其時並不知道周俊輝的角色；經藝發局安排與周俊輝在展館採訪，才知道他比港府更早與主辦方接觸：「那時，利物浦正在考慮到底跟哪些策展人合作，最後他們找了香港藝術館。」

香港藝術館在這次參展的定位，據館方新聞公關職員的說法，他們主要以本地館務為先；而利物浦希望接洽具有資源與行政能力的機構，於是藝術館就與香港藝術發展局合作。在這麼一個三角關係中，香港藝術家由接洽者角色回歸本位。這次港府動用三百萬，僅是明年將要舉辦的威尼斯雙年展的三分一：「利物浦是初步嘗試而已。倒過來說，香港是不是應主動去找這些國家？」據悉，威尼斯雙年展是由香港政府主動參展的，而歐洲其實有不少雙年展：「不主動發掘（展覽機會）的話，香港創作和文化活動較難走出去。」與此同時，大陸也關注利物浦雙年展對城市收入的成效，尤其銳意在華僑城打造創意文化圈的深圳，報章以「帶動經濟收益超2000萬」為題，報道今次展覽。「其實我們不介意到底是文化帶動旅遊業，還是旅遊業帶動文化產業，我們都未講到這個層面，而是在操作上，香港有太多規矩。」周俊輝說，香港確是缺乏展覽空間，可是空置空間真不少，問題是在政策上可配合否，把它們釋放出來：「例如空置的校舍，就礙於土地用途與辦學團體。」他

認為利物浦是個不錯的參考例子，就以香港藝術單位參展的City States為例，本來是郵件分類中心，現在卻用作雙年展其中一個展覽場地。難免又回到香港展覽空間話題。這座郵件分類中心位處市中心、火車站旁，是十分珍貴的地段。我問過在場的負責人Rebecca，原來這座建築物現在是由Liverpool John Moores University所擁有，她形容這座建築物之所以空置，是因為當地郵政不再需要這麼大的空間。以往，郵件送到火車站後，會通過地道送來這裡分類；大學方面仍在計劃如何改建這空間，碰巧雙年展要舉行，於是借出這個地方給主辦方作為其中一座展館。

周俊輝認為英國可釋放的空間充裕，而觀眾來看的不只是建築物，還有城市的歷史：「展覽把整座城市連結起來，並把許多事情安排同一時間發生。」他認為，歐洲對於用空間來展示歷史方面的視野，香港似乎未有這種意識，例如這個郵件分類中心：「這對遊客來說吸引嗎？一點也不吸引，它甚至只是工廠而已，有許多機器在。香港人就會這樣想：這怎可以用來見人？可是我（作為遊客）在這空間游走。這空間很特別，可以想像郵件怎樣傳遞……我們要學習甚麼才值得展示的——似是微不足道，卻因為它是真實的、在地的……」至於場地的具體安排，大家都體諒今次參展的難度：政府與大學就郵政分類中心的業權交接距雙年展的時間不遠，尚有不少細節（如供電）需改善，以致策展人與藝術家需花更長時間安排擺放位置、燈光和投影器方向等。

梁美萍形容上次她在澳門的經歷：政府一次過撥款給

策展人，且是個人展覽，比較自由，場地氣氛也十分切合作品主題。梁美萍和周俊輝同說，為了今次展覽的佈置，他們花了許多時間替策展人修改展覽草圖，因這是「聯展」，共三個藝術單位，也有梁秉鈞回應展品的文本，每個細節都須顧及整體效果，籌備時間短促，難度甚高，「只要安穩、穩定，沒有太多差錯就已很好」。

由SLOW的葉子僑與兩個專業設計師（林偉雄、余志光）組成的CoLab，是個「集體創作」，運用社企概念衍生社區藝術作品 *So…Soap*（2011），今次把作品帶到利物浦，引起一些當地藝評人的興趣，CoLab形容這模式在當地不曾有過。展覽的主角是盛滿手造肥皂的販賣車，旁有影片播放，全都是CoLab x SLOW在香港各區推廣產品的紀錄，在約有三米高的矮牆投影。隔壁是幾塊大白布，上面投影梁美萍在各地拍攝的流浪者錄像 *Out Of Place*（2012），穿過去就是周俊輝的二次創作 *Reproducing "HongKong－Livelt, Loveit"*（2012）：「這次我來是客人，但又用主人的身份去演繹香港，我故意用旅發局的宣傳片來做，其實它裡面的香港未必是真的，或是某個面貌的香港，例如會有成龍，有大佛，有跑馬──尤其在英國，剛才我跟一個當地記者說，這是很英國的──當年鄧小平講『馬照跑』，寓意其實是大家的生活都不會有改變，像英式賽馬，五十年後都會繼續跑；這些宣傳片內都有跑馬片段，這個很明顯是個政治宣傳的東西，當然這種政治宣傳是很軟性的，去展示香港一個面貌。」正好我旁就是梁美萍，她在不同城市拍流浪漢，有一個對比：你會不會在政府宣傳片中看到流浪漢？流浪漢某程度上也是香

港的一面，為甚麼這些被排除？我當然覺得沒必要在旅發局宣傳片見到流浪漢，但我將那些畫面逐格逐格畫出來時，我們就會看到它是在描述甚麼香港，甚至是我們一般普通人會認為甚麼面貌的香港才見得人。」

比起周俊輝的刻苦重塑──用百多張油畫來畫出一段兩三分鐘的宣傳片，梁美萍的紀實錄像，靠的是運氣。她每次到不同地方拍片，未必有片可拍。她形容這種狀態是碰運氣。最誇張的是在北京拍的一段。她在北京找不到題材，在乘出租車往機場的一段路，竟然被她發現了一幅寫著「奧運我參與奧運我受益」、長十多米的紅色橫額，有個提著拐杖的婆婆，在「奧」字旁有個走得很慢很慢。她立即「跳車」，跟著這個婆婆，拍下她花二十分鐘才走完十多米的路，何嘗不是一種流浪？「奧運我受益」，在馬路上高速飛馳的名車，婆婆明顯不是受益的「我」。當中的反諷不用藝術加工，即可自然地表達出來。香港藝術館以策展人身份，找來這三個藝術家和藝術單位，都能展現香港獨有的創作模式（惡搞／二次創作）、藝術家風格（根據主題而隨興創作）和社區參與（設計師協作）；為了配合雙年展主題，也花了不少心思，所選的香港藝術家也展出貼題──作客，甚至是反客為主的作品。可是，整個徵選過程，市民所知不多，令人不期然聯想起威尼斯雙年展。問及另一位藝術家梁美萍，知不知道選她的準則，她說自己並不知情，只是接到邀請，知道要來參展。

利物浦雙年展於2012年11月25日閉幕，緊接下來的，則是甚具爭議的威尼斯雙年展。儘管政府擁有專業的行政

執行力，卻難洗脫「由外行領導內行」的「原罪」（早前我才報道過白雙全在今次利物浦的「被缺席」事件，即屬此例）；到底威尼斯雙年展又會否重蹈覆轍？大家請放心，威尼斯雙年展不會再有上述誤會，因為他們已在一個不公開的甄選過程中，選定了參展者誰屬。

訪問Suk Kuhn Oh：迷失歐美世界的韓國攝影師

韓國攝影師Suk Kuhn Oh近年活躍國際藝術展。展後回家總會想：「為甚麼外國人覺得我是日本人、中國人？我明明是韓國人……」在亞洲生活的、這三個地方的人都知道大家的差異如何；在歐美世界眼中，則無分別。於是，他頻頻出入國際藝術展的同時，會用作品來思考這到底是甚麼一回事。在利物蒲雙年展的作品，正是探討亞洲身份與形象的疑問：「這概念來自機場裡的廣告燈箱。每次出國都看到一個地方如何演繹自己，它到底是真是假……」起初，我還以為這是屏幕，還暗自怪責當代藝術總有一部份是浪費電力的，卻原來是個燈箱……他嘗試用歐美人的角度去看韓國人──相中人在亞洲人眼中是個三不像：似穿日本服，卻又有中國元素，拍攝地點卻是韓國；至於「武士」、「山野」、「島嶼」、「頭巾」、「煙槍」、「劍」，還有相中主角身後兩人的行禮，都是歐美人想像出來的亞洲人形象。

他感受到歐美詮釋與判斷，與亞洲本位的差異，索性先於他們想像自己──就算他們看著你，知道韓國人明明不是古裝片裡的形象，可是他們還是這樣想：「我

們根本沒有這些形象。不過，呈現這些形象的，或者就是一些（古裝）戲劇。所以這個不是Korea，而是The Manners of Korea。」

他還為這個「機場」擺放了明信片，安排一個明信片架，貼在牆上。「歐美遊客在亞洲買到的postcard：名勝、特產……本身已是個被想像的Korea。」他想說的是，這種詮釋角度有時並非由歐美人主動去想像，反而是由韓國人自己去讓人想像：「於是我用這些明信片上的文字來表達。」

這批展出的明信片照片，都是古代韓國的面貌，而留字的一面，則寫上無法辨別是日文、韓文還是中文的文字……「這是用三種語文拼出來的圖像文字。」他對語言的敏感教我驚歎！細看文字，每字每句都竟讀得明白！原來併出的是英文字母……這個攝影師到底是甚麼一回事……「許多歐美人對日本和韓國都存有誤解，有些甚至會反過來佔據我們的生活。我試著尋找理解韓國的方法，或說是讓他們看出我們之間的不同。」

用機場廣告形式來參展，以歐美視角看自己，並在利物浦這個始在歐美藝術界有點名氣的展區，要歐美世界直面自己看亞洲人的誤差，這麼後設的作品，單看兩個燈箱和一個明信片架，未必一時消化得來？那麼，Suk Kuhn Oh最好同場多展出一個作品：他自己。

考Art「揸兜」的漫畫家

訪問棒蛙

約棒蛙訪問，充滿神秘感：不許拍照，不透露性別；約了時地，還在猜是他還是她。結果，坐下來的是他，有點胖，胖得有點Eason；左手無名指有指環，已婚。問他作畫歷程，他講得最多的是老莊、蘇格拉底、李天命、李小龍……說話結構嚴密，內容一點也不年輕，有時似在辯論卻又出奇地從容。2013年，他畫《劣根經》花了三個月，此前，他從沒正式發表過。曾在網上畫過一兩幅政治漫畫，見like者互相comment吵架收場，覺得「都係咪喇」，發現政治漫畫的難度。此後，他都不畫政治的，覺得這題材很難表達得圓滿，甚至會引起更多誤解：「我終於知道我為甚麼喜歡尊子，讀者會從他的畫中看出他所知的正確，很精準的。」

　　棒蛙這名字是他中學體態的證據，同學當年說他又瘦又黑，像泰國人，於是他取了個聽來像泰語音節的名字。「中學讀豐子愷〈漸〉，簡直把我填滿！」他覺得自己當年心裡有點虛空感，讀後才知道甚麼是人生，那是他第一次在中學課本上發現自己。那時，他還覺得自己會畫畫，央求老師讓他讀Art。會考當天，他見考卷有個night字，就畫了個夜空，結果「揸兜」收場：「考Art是U的。還好，U不會印在證書上。」他畫這本《劣根經》就有種豐子愷的偏鋒，分別在於，棒蛙筆下那些人物，面容有點奇怪，道理則更易「入口」：「同一杯水，孩子覺得燙，爸爸覺得不。溫度明明一樣的，就因為爸爸指掌的皮膚有過經歷，遠比孩子的厚實。可是，這並非說孩子的感覺錯了，爸爸的感覺才正確。」

小學曾畫過龍珠

　　從《劣根經》很難找到模仿跡象：畫風很不日本，又不香港，不似一般香港漫畫人的成長。「小學曾畫過龍珠，也畫過美少年，畫得一模一樣。」棒蛙的誠實無補於事：《劣根經》角色中間分界但undercut、赤裸上身、經常舉手而腋下有毛，醜得惹笑。假如只看文字，似是尋常「道理」；拼在漫畫旁，則會爆笑，例如用牛眼淚的神效來寫地鐵乘客不肯「行入車廂中間」、惡搞Thomas火車頭抽煙因此「我由細到大都好唔鍾意呢架火車」……我們談起古谷實的畫，他形容「畫風看來很好笑，面貌都很醜，可是內容很慘，很不好笑」。同樣，

有讀者評價他的畫「不好笑」，尤其那些入世的、辦公室政治的體會，讀出同事與朋友的影子。古谷實要討論的是有缺陷的人如何成長，棒蛙要討論的是現實世界無可避免的世俗，一擊即中：「有朋友說，要從別人的失敗學習，我覺得，為甚麼要看人家失敗，而不自己先試試？明知那是會失敗的，我試過了，不也是學習過嗎？我問他們，那麼成功呢？能在成功裡學習嗎？你願意把你的成功讓給別人嗎？你一定不會讓給別人，誰都想看別人失敗，最好只有自己才成功。」當年棒蛙在會考這麼看字畫圖，倒沒影響他畫畫心態，反正他那時畫的，從沒想過發表。婚後，他畫畫給妻子，漸漸就學會用滑鼠與小畫家，貼在已湮沒的xanga、msn：「我都是那年代的人。」亦即高端工具普及化的年代：「前輩在雜誌報章刊載作品，讀者會有『翻閱感』，一頁一頁的，可重看。網上的畢竟不同，引來的like多，並不等於畫得好，大家只是『讀過』，想重讀就很難翻。」出了書，他很開心，覺得自己很適合「書」的方式。

他曾有段時間在網上與人交換圖文：網友出一些字句，他畫畫回應。今天，他在facebook專頁有近萬人like，畫作一出就有粉絲稱「讚」。「香港有太多醒目仔文化，有些人會利用某種『成功』幹另一些事。」棒蛙覺得每件事都有好與壞，如用這種「成功」做更多事、出更多書，也許會帶來創作以外的「不純粹」。他不大在意自己有多少like，也不去問《劣根經》暢銷與否。「許多人都在意別人如何跟自己相處。我常跟他們說，其實是你自己如何跟自己相處。」說者棒蛙，那年28歲。

又到牛棚

訪問蔡仞姿

在往土瓜灣的小巴裡揚聲「牛棚有落」，司機扭
軚轉入馬頭角道。我在牛棚前圍矮牆前下車，五
月清晨雨水洗過地磚、紅磚與石屎，煥發一種氣
味。進大門後往1a space走去，看見有個遊客似
的女子低頭調校相機，我認出她是蔡仞姿——偶
在報章、雜誌和書遇上的那個藝術家名字，真
人就站在那裡。2013年，她以策展人身份接受
訪問，見她抬頭、恍然，忘記自己抱著相機，用
相機指向我：「你是……」「抱歉我遲了幾分
鐘……」這就相認了。她帶我遊逛整座牛棚藝術
村，因這計劃需用大部份牛棚空置下來的藝術單
位。沿途見有貨車在，工人在裝卸多個比人高的
木箱進去，空置房間的大門全都敞開，我探頭：
「規模都幾大……」她回應：「原來都幾大……
我不知道的，哈哈……」她真愛開玩笑。

　　蔡仞姿本以為這計劃只實行一年，對方卻説要三年；初擬的一年計劃，不得不重整，以配合這個合作策展單位——Burger Collection是（下稱BC）由Monique Burger創辦的藝術品收藏機構，今次與蔡仞姿交流的是Daniel Kurjakovic——BC策展人，同時是瑞士獨立出版人。「兩三年前，Daniel來香港開始他的研究，看看整個香港藝術風景線。他覺得香港現代和當代藝術發展是有持續性的，一直都有，只不過是未被關注而已。」

　　Daniel看上牛棚，覺得它既是香港一部份，又與「香港」不同，有它自己的歷史；而1a space創辦有十三年，紮根牛棚，維持非牟利營運，風格另類，是合適的合作對象；更重要的是，蔡仞姿有香港藝術界人脈。Daniel跟她説了，這計劃要三年，「希望這計劃能發展對香港藝術有引發性的研究與討論」。

　　遊逛步伐時快時慢，到底這是甚麼計劃，她未説清楚。我們走進前「藝術公社」（牛棚最大的空置單位），原來沒空調的空間，竟多了五六部天花板嵌入式的四方吹冷氣機！難道是政府（發展局）為這場展覽添置的嗎？「Burger Collection 有個特色：Daniel很尊重這地方，覺得這建築有它的結構和歷史，他們盡量不改動，都沿用本來的。你看見這些冷氣機（架在既有的、保育用的支架）就是他們放上去的，不過展覽完就要拆……原先他們以為安裝後可送給牛棚，可惜政府礙於一些規矩，發展局説他們不能收『禮物』……」實在是典型「香港風格」。

　　至於實踐這個三年計劃前，她也要先克服牛棚管理者的「香港風格」：「如果我們有能力，真想把所有牛棚空置單位都租下來，那些單位其實很美的。我們沒這能力。單位空置後，發展局決定不再放租，只接受短期租約。」

　　這次展覽只是個開始，接下來的日子，如要繼續租用空置單位，要逐次申請，每次寫明租多少天；同一計劃而下次租用須重新申請……政府常說要培訓「藝術行政人」，這個案應納入教材，讓同學見識一下。這夠神奇嗎？奇就奇在蔡仞姿仍從容以待。蔡仞姿帶來走了一圈，返回 1a space 辦公室，看到門前有個在用MacBook工作的老外，正是Daniel。

　　他跟蔡仞姿交代當天到港的藝術家行程，就跟我說：「你來得正是時候，沒有下雨。」他簡單說了一些想法：「這是個不小的計劃。我們嘗試用這地方的戶外和戶內空間……海外不少藝術家都喜歡牛棚，他們不單在展示作品，還在牛棚與城市之間，做更多快樂的事；藝術家快樂，我們快樂。」

　　展覽定題為 I think it rains，中文譯名「滴嗒滴」，出自尼日利亞作家Wole Soyinka的詩歌，詩的故事源於非洲一個部落，在災難後，整條村被燒成粉末；風一吹，粉末全都飄在天空。詩人寫 I think it rains形容這個成了粉末的部落飄散的景象。

　　「大家都同意這個題目，覺得有詩意！」蔡仞姿想起他們開會的情景：「有一個令人有期望的、有象徵意義

的題目，很好，有雙關。如果知道背後這故事，就會知道它不是純粹一個意象。有點像香港現況⋯⋯」

I think it rains

蔡仞姿強調這個計劃以藝術為本。談起M+充氣和膠鴨之類的公共藝術，她認為公共藝術不一定是用大型雕塑與景觀式的作品與公眾交流，在公共領域如何創作是個重點，但同時還可探討多方面「議題」—— 不同社群可從藝術品得出不同反應，不過藝術家更關心的是，公共領域的能量，我們可以如何融入與互動。而「藝術為本」的意思是，相信藝術創作的感染力，當藝術品與觀眾產生關連時，它的面向是不單一的：觀眾只顧發掘議題和舉起相機，還會思考藝術、文化、環境與生活呢？

展覽在這背景下揭幕，會為藝術普及化帶來啟示。展覽揭幕後，在5月24日有一整天的「表演」—— 一如蔡仞姿近二十年來所做的跨媒界對話與互動，這場「表演」的名堂叫 Real-time Activities，「裡面的表演形式又不純粹是表演」。提到場內展品，主場館是前藝術公社：「真想不到他們會有這麼多作品，有新媒體的、有裝置的、有平面式創作的，他們不想做一般展覽形式的作品。」其中有些本地作品接近完成，例如周耀輝的：「我至今仍未知道他要做甚麼，只知他需要一些視聽器材。」有些作品則是即場創作，每天不同：「張康生會不斷喝咖啡，直至心跳、手震，才作畫，與觀眾一起體會身體和創作之間的關係。」中產得要命。而吳嘉俊剛

剛去日本走一趟，他用蒐集得來的紙皮，用它們來建構一個城市地貌，完成後會邀請收紙皮婆婆來回收。尹麗娟會用一輯作家的書，將它們每一頁都塗了顏料，然後把它們放在泥中，「燒」成一本書，表達文字具象的、立體的永恆。俞若玫則有個與銀髮族（老人）一同創作的計劃，名叫《花被十三街》，平日會展出照片，逢星期四，則有她現身於自己的展區，與觀眾互動。還有白雙全的新作發表。

「如何再發揮與人與社會的關係？在創作技巧方面，我們如何發展起來？有甚麼可以做？」蔡仞姿所說的「藝術為本」，或會令觀眾學會如何以藝術家角度思考。她在展覽中重做二十年前的成名作Drowned：「先在家具店買一張書桌，然後邀請二十多人，請他們每人給我兩本書，然後答兩個問題：一，為甚麼你選這書給我浸在油中？二，如你不把這些書浸在油裡，你會如何處理？」在這過程中，她收集到有關時間的東西：她有意為之，將六七八九〇後老中青應邀者的答案同時列出：「透過這作品我們看到人與書的關係，有很情緒化的，有很政治化的，有很互聯網化的。」至於外地參展者，有Bani Abidi、Filipa Csar、Vittorio Santoro、Fiete Stolte等，都是經常出入國際展與雙年展的知名藝術家，會與香港藝術家同場展出，往後會有「藝術家駐地計劃」，將有更多對話與交流。

「Daniel第一天跟我說，整件事在這裡發生的話，就一齊做！」蔡仞姿又笑起來，笑聲與她嬌小的身形不成比例。「Burger Collection做這件事是有鋪排的，會出一

本雜誌（TORRENT），專題報道香港牛棚這次展覽。這計劃是四部曲，在香港，是他們的第二部曲。」有這樣眼光獨到的、闊綽的藝術收藏機構，願意與本土藝術團體合作，令人鼓舞，或者，因他們理念相近，不會把藝術「山頂化」，而是好好地跟你談，「滴嗒滴」，一點一滴，細水長流。三年，只要你願意在每季度的活動花點時間走進牛棚，你都可以像藝術家一樣思考。

香港藝術家缺席漢字藝術展

2012年，北京故宮常常傳出摔壞文物的消息，大
陸傳媒人戲言是台灣的錯：為甚麼當年不把全部
文物都運到台灣？不過，台灣就算沒有為中華民
族保留全部物質文明，至少也為大家保留了漢字
傳統文化；近年台灣有文化組織更主動向北京各
藝術單位，提出舉辦「兩岸漢字藝術節」，將於
本年九月舉辦第二屆，算不算是文化反攻？且看
下文。

　　首屆「兩岸漢字藝術節」台灣真畀面，派出著名詞人方文山、出版人郝明義等赴京撐場；第二屆繼續由台灣與北京再度攜手合作，2012年9月24日開幕，主辦方包括中華文化總會、中國藝術研究院與中華文化聯誼會，協辦方則有中國藝術研究院當代藝術院、中華新文化發展協會與今日美術館。我收到風，今屆由北京今日美術館館長張子康策展，他同時是中國藝術研究院推廣中心主任，已向其他協辦方溫馨預告，這個展覽成果有可能由文藝出版社結集出版。張子康何許人？身兼文藝出版社社長也，難怪有種屈機感覺……

　　上屆他們在北京孔廟舉辦萬人揮毫，此等大龍鳳做給官看，或者是需要的；漢字與當代藝術及創意生活的結合，它們所產生的新題材，相信是更具藝術價值的小聰明。至於故宮典藏書畫展，則由中華文化總會等台灣單位規劃。今屆更會把中國藝術家陣容加進去，將在台灣華山1914創意文化園區，展出他們的「漢字藝術」作品，包括：谷文達、陳丹青、岳敏君、徐冰、邱志杰、馮夢波、葉永青、繆曉春、劉永剛、邵岩、魏立剛、吳華、王天德、劉子健、秦風、何岸，排名不分先後。可惜的是，礙於經費及場地問題，僅能展出中國藝術家的部份，無法展示台灣當代藝術家作品。

　　我看過幾個中國當代藝術家作品：劉永剛用墨玉石造了《站立的文字：和合》（2008-2009），四十個一組，每個有半人高，讓參觀者可穿梭文字間。魏立剛則用高近四米的宣紙寫出《偉大的蒼蠅帝國》（2011）以蒼蠅形態來寫漢字，恐怖之餘又似有所指：是對「帝國」

有意見嗎？僅供想像。岳敏君新作《當代中國書畫》
（2011）亦搶眼，他用畫作名字六字，建成「牆壁」，
牆間有樹有島，有人有馬，畫出當代水墨特色，沿此路
進，告別「大口仔」風格有望。作品在華山1914文創園
區紅磚區A、B棟展出。

「漢字藝術」已成為當代藝術界的重要概念，思潮之
始，可數香港著名設計師勒埭強。早在上世紀九〇年
代，在他尚未設計《漢字》系列海報前，已有相關的水
墨畫創作：模擬象形文字與楷體形態的作品《天・地・
人》（1997）。於是，有不少藝術家循此路進，以各種
藝術形式演繹漢字之美。

主辦方彈著個調子：「海峽兩岸的炎黃子孫攜手合
作，繼承並弘揚漢字文化和漢字藝術，共同繁榮和發展
中華文化。」聽來可能有點肉麻，難得的是兩岸文化組
織高層都樂意推廣「漢字藝術」，並讓藝術家有展覽機
會，確又是難得盛會。不過，開山祖明明在香港，如此
盛會，為甚麼偏偏沒有香港份兒？看來可以學胡恩威寫
封信，問問時任藝發局「義工」主席。

文化雜誌如何殺入便利店

訪問樊婉貞

樊婉貞是台灣人，來到香港，竟在香港藝術圈裡搞起資訊革命，以雜誌方式起義：「觀眾每每去文化場地都要取不同的節目單張，實在很不方便」，於是有了 *Art Map*：「總之只印一張紙，印兩面，全部資訊在裡面……」打個手勢，瀟灑得要有光就有了光。控制成本，是她看家本領；對地球來說，紙愈用得少，效益愈大，就是地球救星：「反正藝術團體與政府都不斷印單張，觀眾取閱時又覺得不方便，為甚麼不能統合起來，在同一個平台上發佈信息？」這就是 *Art Map* 看到我們所看不見的理念，這種敏捷思維很香港吧。2011年11月，樊婉貞主理的文化藝術雜誌正式殺入便利店……

　　譚偉平是香港著名的藝術家，平日是藝術系的助理教授。觀乎 *am post* 創刊至今，他覺得一份藝術雜誌只「服侍」藝術愛好者絕對「冇得做」：「想想藝術圈可能只有二千人，我們卻印到三萬份都不夠滿足讀者的需求，藝術愛好者絕對多過這樣的人數。」 *am post* 創刊號只印一萬份，印量相對保守，不料數天內即派光，三個月後，就要印兩萬。今天，這份雜誌已印超過三萬，一周內派完：「不用擔心派不完。比起把雜誌堆在倉庫，然後跟人說自己派多少，我們不用這樣做。印三萬就派三萬，一星期就派完。這是事實。」

「政府應該支持文化雜誌」？

　　坊間許多「政府應該支持文化雜誌」的論調，譚樊則有自己的看法。文化雜誌不受資助也可成功，這有可能嗎？去年香港藝術發展局搞了一場藝術評論雜誌招標計劃，原本毫無意願參與，最後一刻被藝發局的游說團打動，決定投標，希望可用自己的經驗帶動文化圈。據悉，評審團來自不同界別，當中不乏德高望重者，各種界別都有不同的持份者，理念本來是好。結果，藝評雜誌計劃吸引了十多份標書，入圍者四，包括 *MUSE* 及 *Art Map*，可惜未等到揭標，*MUSE* 已經決定停辦，轉攻結集出版。招標過程拖了超過半年公佈不了，評審團還重組，最後還是鬧劇收場：盛傳臨時拉倒，是因為有評審不想其中的入圍者投得……面對這種文化生態，香港文化雜誌還有前景嗎？這正是譚樊厲害之處。自立門戶並非易

事，樊婉貞拿幾份收費雜誌比較，面對競爭，行業間經常有減價現象：「儘管有些雜誌願意收幾千，我們的廣告價格還是維持不變。減廣告價格並非唯一生存之道。」對於只著重數字的機構而言，這種「教育」非常重要。這是 *am post* 獨有的狀況。譚偉平認為，維持雜誌形象鮮明的「分類」，各種機構自然找到合適的對象：「不是說有很多廣告就好，而是關乎一些原則；我們做得不夠好，你不支持我，可以去支持其他做得好的雜誌，但一定要分類。不然，文化生態發展不來。如仍用舊模式：只用數字不分類，是推動不了行業：以西九為例，它不是要人家來serve的，而是要推動文化生態，所以如果推廣策略仍用舊有經驗時，有可能改變不了甚麼。我不知道他們會不會分類，例如為活動搞公關，給大眾的有大眾的角度，給文化界的有文化界的觸覺……」道理看似簡單明白，要做到又需花多少氣力呢？

與七仔合作充滿商業考慮

art plus 增加派發點，高調與七仔合作，新置一百個派發點，每期多印兩萬份，這是個已做了市場調查的結果嗎？樊婉貞坦言「從沒有為市場而做雜誌」。這回答可圈可點，筆者開始擔心她如何向「客戶」交代：「我們認為好的東西，就讓讀者慢慢接受，既然香港沒有藝術市場，也就沒有所謂『大眾』要的東西。」

「被訓練為數據機器是可怕的。大多數的市務人員其實不懂市場，只會盲目跟從（數字）。曾經幫過一個政

府部門的科技教育獎學金計劃做宣傳，他們想在報章落廣告，但卻只想放在A疊（正刊）港聞版，擺明廣告的目的並不是想大眾讀者接觸，而只是想向阿公報業績而已。」可是，目標讀者明明在教育版或副刊。她認為這種只看數字而不看理念的手法與判斷，也許就是香港一貫特色：「外行人管內行人」。早前知名文化人胡恩威在世紀版連發兩封公開信給新任藝發局主席，所說的就是這回事。

到底如何推動文化藝術推廣巨輪，當然不僅廣告交收如此簡單；遇上有志發展藝術事業的團體，譚樊都很樂意用合作形式，與不同的機構肩並肩。較明顯的例子，可數康文署所辦的藝術節：連續五年，都跟 am post 合辦講座：「往往座無虛席，來者有不少專業人士，好些讀者是昔日的學生；雜誌辦了都快八年，學生讀者都成長了。」只在講座這類活動裡接觸讀者做市場調查；大刀闊斧改版，反其道對著幹，作為反行銷手法。

辦雜誌，要的不僅需要燃燒熱情與頻頻急轉彎的靈活頭腦，更需要觀察社會變化。讀者平日在咖啡店取藝術雜誌，有強烈的品味象徵。一本放在便利店的藝術雜誌，hardcore 讀者會流失嗎？譚偉平一點也不擔心：「所謂大眾，以前是單一的大眾，現在是多元的大眾。雖然看來大眾傳媒好像把握了主流價值觀，不過社會不斷改變，有更多 up and down、大大小小的東西出現，沒有以往的壟斷狀況。」

乍看 art plus 與七十一合作，充滿商業考慮：作為一份

以節目preview為主的雜誌，渠道愈廣，廣告愈多，收入自然有保證；可是這個促成改版的決定，原來只是一段惜緣，事前沒有甚麼商業考慮。原來七仔市務主管楊樂詩小姐，一直也是*am post*的讀者，早於兩年前已討論如何合作：七仔要求雜誌要印十萬才可放置，否則滿足不了需求量。可是，十萬這數字對於收費娛樂雜誌來說，或是收支平衡的數字；文化雜誌，仍未是時候：「兩年後，我們再與楊小姐洽談，大家都覺得時機到了。」樊婉貞又回復台灣人性格：凡事信緣，雀躍地分享洽談始末。「對方從來沒要求我們改變尺寸，現在這個iPad尺寸是我們的決定。」譚偉平很喜歡*am post*的設計與質感，不過它如果放在便利店雜誌架，又有多少人敢取閱？「我知道文化藝術在香港還是小眾，但對藝術有興趣的人士不斷增多，而我們的雜誌就是為他們而設，提供藝術+生活的綜合體驗。」他強調，辦文化雜誌並不是個人或單一機構的事，而是生產者包括藝術家與作者、中間人（派發點）與受眾的事，需要在互動中一起成長，不能是單方面的發展：「我猜，香港在閱讀文化方面，應會有所調節。我們的大方向不變，例如講衣食住行，我們不純粹介紹，還會談生活美學；創刊號談德國的議題，我們請來西九M+德國籍的館長，請他也談談家鄉食物，從食物回想到媽媽的味道。」

　　他們希望華文語系的地區都有*art plus*，樊婉貞為此專程請回駐德國十幾年卻在台灣相當知名的藝文作者王焜生做台灣版主編，並成立台北辦公室，台灣版*art plus*也在七仔販售，加上誠品等全台灣書局超過三千個

點。別以為台灣人在台灣定可以適應過來，今次回台灣，樊婉貞體會到台港文化差異：「台灣視藝與表演藝術非常發達，民間藝團氣氛濃厚，商業機構往往會主動與他們合作；若由民間向商業機構尋求資助，機會倒不見得比香港多。」香港商業機構則需要文化藝術作為形象工程，為品牌增值，看待文化藝術的態度，比台灣更開放多元，更樂意接受不同的藝術形式。

這場華語文化雜誌的革命才剛開始。走著瞧。

觀看的形式

旺角站

舊唱片裡的新聲音

觀看左永然

大陸近年興起的歌唱秀，在中港矛盾的氣氛中，引發一波又一波的流行音樂討論，高舉「本土」者談論時，卻未見引述前輩早年的成果，只看眼前「高叫」浮誇，不管台上還是台下，各自工夫均未見做到足，這時代似是人人達陣，網誌上人人都是樂評人，要再談得深入則不得要領。究其原因，似是先天缺陷，實質沒有回顧六七八〇年代的美好，不知道香港音樂發展脈絡。

香港電台找來《音樂一週》創辦人左永然，詳談1975年引進歐西另類音樂到香港的前因後果。

「最初三人合力搞，大家夾錢弄了個，希望可以改變音樂圈的周刊。」他們在灣仔一所舊住宅單位的劏房做工作室，資金用到第五期時，差不多要花光了。

本來他們沒預算會賣得多，只是在做自己喜歡的事。他們介紹的音樂風格都走當時的偏鋒，在討論會上，Sam形容最近Pink Floyd有作品傳承自哪個時期的音樂風格。今天的音樂世界，於他而言，一切有跡可尋。後來，雜誌有新朋友加入，注資繼續營運。當年，Sam與外國許多唱片公司有聯繫，獲得各國樂隊一手資訊，口碑有了，銷量由數千升到差不多兩萬。

後來，Sam因為Ramband而認識吳士明（Peter），開始一段啟蒙香港組band與搖滾的音樂緣。Peter是Ramband結他手，在少年時代學過小提琴，因貓王而轉學結他，初次發現四弦與六弦的奇妙。後來，Sam與他和樂隊合作，將歐西各種另類音樂實踐出來，甚至以雜誌名義開辦音樂會。

就這樣認識了吳錫輝

七〇年代中，吳錫輝加入香港電台，監製青少年節目，也有涉獵Sam的搖滾音樂節目《樂在其中》。Sam是從投稿開始的，初期的稿件都由蕭亮唸出來，介紹各地音樂，後來Sam有了自己的節目，就這樣認識了吳

錫輝。吳錫輝形容Sam是香港介紹搖滾音樂的先驅者，他與Ramband影響深遠，並認為八九〇年代組band熱潮源於Ramband，有不少今天已成為經典的band如太極樂隊的Joey Tang（鄧建明）、樂手吳國敬、達明一派、Beyond，與Ramband都脱不了關係。

七〇年代，《音樂一週》為Ramband在北角大會堂舉行音樂會，在台上演出不少重型音樂。Peter説，當年開始盛行Rock，觀眾很瘋狂，有次在大專會堂演出，彈著彈著，發現竟有警察衝進場內，將那些站在台前的觀眾趕回座位……Peter感到不忿，把整支結他丟在台下，送給觀眾，觀眾就出來搶……樂隊那年有七八場演出，直至場館把他們封殺，樂隊再難活躍起來，到1983年解散。時至90年代，雜誌亦抵抗不了時代洪流，宣告結束。Peter繼續他的音響生意，Sam曾移民，不久又回流。

2012年，Peter重新組織Ramband，亦找來年輕結他手與主音加入。2013年，在吳錫輝的鼓勵下，Sam以網誌復刊《音樂一週》。

細看《音樂一週》，就會發現「本土」的國際面向與糅雜其來有自。關心中港矛盾的人，或可先關心本土的形成如何？

為自己寫歌

觀看柳重言

2014年初，有個中年男子上了大陸音樂節目《中國好歌曲》唱自己寫的歌。這一年多以來，這個節目令他改變了不少。香港電台最近訪問這名男子，問他創作經歷，問他生活，問他為何活到這年紀才出來唱歌。這個男子曾為剛出道的陳奕迅創作過《今日》，又為張國榮、張學友、王菲等寫歌，他的名字是：柳重言。

　　香港許多唱作的、夾band的都習慣在台上表演，為不同歌手創作歌曲的音樂人柳重言，活到五十，才第一次踏上屬於自己的舞台—「中國好聲音」系列《中國好歌曲》，一個專為唱作人而設的音樂節目。陳奕迅《單車》、《天下無雙》，王菲《紅豆》等歌曲都出於柳重言手筆，在他第一次用自己的聲音唱出自己的作品前，有過一段心路歷程。沉醉於作曲的柳重言終於開腔唱歌。因為《中國好歌曲》，令更多人關心流行曲的幕後英雄。與他漫談成長經歷時，問他為甚麼不早點開腔：「習慣卑微，就會有卑微的心態與行為。」

幕後人如何上大台

　　他有個朋友這麼形容他：每次應邀出席歌手的演唱會、頒獎禮，都只在後台走來走去；有人請他上台，他會抗拒。可是，為何終於又上台了？「年紀是個問題：小時候沒想過要做甚麼、應該做甚麼。年紀不小了，以前沒有做的，現在應該要捉緊（機會）去做。」柳重言的說法有點「人生下半場」，卻因他這個思考、這個決定，在《中國好歌曲》上，他遇見曾翻唱《紅豆》的年輕女評審！音樂的力量穿越地域、世代與身份，他們在同一舞台上分享美好：「與導演傾談時，不知不覺更認識自己，有一段時間可能跟隨命運安排寫好多歌給歌者，到最後，他們提醒我，為何我寫了這麼多歌，主要是因為我喜歡唱歌，彈著彈著，唱著唱著，其實在未屬於別人之前，（那些歌）其實是屬於我自己。」那些

年，他會錄製demo給唱片公司，然後唱片公司就分發給旗下歌手，可說是幕後的「造星者」。

聽他詳談追求愛情的片段，始知一個以音樂來表達感情的人。柳重言仍是單身，生活是這樣的：凌晨四點睡覺，下午三時才吃「早餐」，靈感有時來自風景，更多的都來自談戀愛的經驗。於是，柳重言音樂大都與愛情有關。他曾說「我為音樂付出所有，但音樂令我一無所有」，「想想，這說法可能是有點『過火』……音樂在我心目中是我生命的主幹，我不能離開音樂，我大膽地說，我為音樂而生。看到不少做音樂的人，找到了自己的好生活，但我就好一般，甚至我有些時間是缺乏的，『一無所有』在某些時段是真的，雖然我好像是活在音樂裡面，為音樂付出我自己好多的心機……好多人以為做音樂就是有好生活條件，對我來說，並不是這回事。」

沉醉於音樂創作的人，終於踏上舞台，唱自己的歌。他謙稱這是「嘗試」，而他未必知道，在這麼多年來的創作生涯中，自己早就成為了經典。

生於大澳的音樂家

觀看龔志成

在1961年在大澳出生的音樂家龔志成,愛好香港藝術的人,對他一點也不陌生。在電台電視節目中,他看起來還是「老樣子」:白髮長長,束起辮子,平日演奏時沉默的羊鬍子,在受訪說話時被嘴巴牽著高低升降,皮膚卻在黝黑裡透著油光,連說話時的手勢彷彿都有節奏感:「古琴音樂接近山水畫的美學觀。」他談到孩提時代在大澳成長的經歷,與他日後讀到的藝術作品、創作音樂等歷程關係密切:「山水畫全部和大自然很有關係。所以某程度來說,藝術和大自然是脫離不了。」少時聽到古典音樂時,他會想像作曲家在大自然獲得靈感,也被這種音樂吸引著。而在他記憶最深刻的大自然景象,就在他大約兩歲時看過的月光:「我婆婆跟住我,我當然好細,我估是兩歲的時間,我望到個天,一個好大的月亮,個image係我成世都記得。」

他在十三四歲就自修音樂，當年中學的藝術課程自是不如今天的豐富，於是他花許多時間在圖書館閱讀，又找老師教他小提琴、鋼琴和樂理。家人支持是最重要的，媽媽跟他說過一句話：「阿仔我都唔係好明點解要學音樂，但如果你開心嘅話就做啦！」

當年音樂系不多，中大音樂系競爭很瘋狂，他未有考入，1979年，他還未夠18歲，到美國讀書，遇上許多好老師，教授都看重他，學習音樂的路都順利。時至他入讀賓夕法尼亞大學，發現學習的與世界脫節，本來可讀到博士，他卻決定回港「take個break」：「那時香港好有趣，因為回歸這個issue……」八〇年代的話題都與回歸有關。1986年年尾，他遇到一批視覺藝術家；1987年，他遇上彼得小話（Peter Suart），組成「盒子」樂隊，玩音樂之餘，亦與各種藝術家合作。

回顧當年這個決定，他有這個想法：「我覺得生存好短暫，好短促，當你還有個身體、能力去做到的或思考能力做到的時候，別兜圈。見到一樣東西（值得）去做的時候就去做。」一個在6月4日出生的雙子座人，關於生死，關於藝術，龔志成還有話要說：「其實人生出來就是孤獨。人的孤獨感，或（如何）面對孤獨是很重要的。」經歷八〇年代香港熱烈討論中國議題並始受六四陰影籠罩的音樂家，生死愛恨都成為密碼，在音樂裡。

問問答問問：電影

導演如何看審查

訪問麥曦茵

從訪問現場的側門走進來的，是個女生，二十出頭似的，身穿草泥馬tee配短牛仔褲、高筒皮靴，非常活潑少女。我一度懷疑她是路人甲，錯手推門誤闖現場；聽她與電影公司職員打招呼時才暗叫：「不是吧……她就是麥曦茵？」訪談地點是港島一家Cooking Studio，廚師為我們遞來熱湯，訪問歷時半小時，談她2012年作品《DIVA華麗之後》、成名作《烈日當空》，熱湯到最後仍然和暖。獨立電影《烈日當空》（2008）沒幾家戲院願意上映，卻誤打誤撞成了名，不全然因為那是三級片，而是有關這個保守社會的一些不平等。同期相類的電影一樣有那些題材：抽煙、吸毒、性行為……只列作IIB級別。她問過當局為甚麼，得出的答覆是「角色穿著校服做那些事」是不能接受的，怕學生會直接模仿云云，聽來是「道德塔利班」式的思維。

　　麥曦茵一出道就有了「不錯」的經歷：難道真實世界沒有學生做過那種事嗎？題材來自一些人的真實經歷：「為甚麼要拍那個故事，是因為有人是那樣生活的，有人經歷過，有人要從傷口中學習。看電影的人可以從別人的經驗學習，而不需要由自己去經歷；看到別人的經歷，知道它的後果，你自然不會去做。」

　　說到底，香港仍有許多人認為大部份年輕人很弱小？「有人認為那是教壞細路的，許多人跟我說，他們不會給小朋友看那套片。但也有老師跟我說，會給學生看。電影成為一個產品，就會不斷留在這裡，會有許多人繼續看，對或不對就交給人（觀眾）去判斷。」一入行就踏進雷區，而且作品沒錢宣傳，幾年前的她，由前輩引介到好些大學巡迴演講。她帶著十來歲的演員四出奔波，向大學生講解拍這齣電影的經歷。而最諷刺的還是：少男少女拍出了一部不適合少男少女觀看的三級片；新聞報道有那麼多壞蛋在說謊，卻每天準時播放。

　　四五年間，麥曦茵從獨立電影到商業電影，在事業線上跑得比許多人要快。這些日子，拍了不少MV，也為不少知名電影編劇，更把自己的小說改編為《前度》（2010），開始與英皇電影合作。此片宣傳時，傳媒強調它是商業電影，彷彿在為第一部獨立兼「三級」電影洗底？「在拍攝《前度》之前，我和阿澤（杜汶澤）第一次見面。他問我有甚麼故事想拍，我當時所說的故事，就是《DIVA》，是關於一個對樂壇感疲倦的天后，和一個死命想爭一席位的新人的故事。但因為未曾合作，所以他想以一個較低成本的project開展這合作，才

選《前度》這故事。」真要開拍《DIVA》，電影不再説她那一代的故事，而是跳到明星台階，看看他們站在台上以外的處境與思慮。觀乎宣傳海報，大家可能以為《DIVA》是歌手主角容祖兒（飾演嚴靖怡，簡稱J）寫照，冷不防一開場就探討明星生活與經理人（文健新，杜汶澤飾）的「工作需要」，令觀眾喘不過氣；在出字幕前的十數分鐘，保持著異常尖鋭的洞察力，埋下伏筆，適時把陰暗面揭個角落讓觀眾窺視一下。這就是麥曦茵，把握自己構想的故事，不為明星所影響，拍出自己想要的效果、想表達的意思。看來她有很大的自由，因此觀眾看出作品裡的明星，都只是演一個普通人，他們用個人自由「交換」得來的名氣與財富，必須付出「不自由」這代價，一如打工仔，一如所有正在追逐自己舞台的人。

控訴頗激烈的鏡頭，都刪去了

麥曦茵構思盲人推拿師胡明（胡歌飾）這角色時，曾有一些具諷刺手法的、控訴頗激烈的鏡頭，都刪去了。她安排了的篇幅不少，談他在大陸成長的經過：「每人都有自己的舞台。如果一個人的舞台，只在（推拿師的）房間裡……外人看可能覺得很可悲。但如果他能夠在他的領域裡做到好一份工作，他也有他的專業和尊嚴。」於是，麥曦茵編劇時，把胡明設定為一個本來健全的人，並且是跳水運動員。他比任何人都努力訓練，可惜因為訓練過度，在選拔賽的最後一跳，上水後發現

自己看不清東西：「這是大家知道的（為甚麼郭晶晶
要去看醫生，大家都知道的吧）。有許多情況是，因為
社會壓力、國家壓力，導致一個運動員最後變成這個
地步。這不是說他要怪責社會、怪責國家，而是可能他
自己個人也在尋求舞台的頂端？」她說，他的悲劇感在
於，自一個大舞台、大世界，跌入一個與舞台不相干的
房間，這才是最可悲的。

經歷了《烈日當空》之後，麥曦茵形容自己「學會
了」，這不算是妥協，而是種學習。她經歷過至少兩
種角力：獨立電影作品與市場的、意識形態與政府部門
的，儘管當時的監製與電影公司沒為她設限，但最終
要接受現實的，也只有她和她的工作伙伴。她終於學會
了。《DIVA》是齣合拍片，有不少談及價值觀審判的、
階級的想法，本來想滲入去，可是面對審批制度，工作
伙伴建議她，有些故事主幹以外的情節與對白，都沒必
要為它們冒險。例如J與胡明在路上走著，J跌進一個
洞，她問「為甚麼無端有個洞」，胡明原來回答的是
「我怎會知道？國家的建設就只有國家才知道」。這些
版本都只在劇本初稿出現過。她說，她想為胡明這角色
創作一部小說。麥曦茵的幸福，在於她有能力以書
寫（是的，她學會了這回事）堅持理念，知道自己的創
作不限於影像表達，還有她堅實的文字功力。

麥曦茵在短短的訪問期間，已顯露出她的睿智，尚未
談到Red（林欣彤飾）與J之間的鏡像效果，時間已經到
了，她要繼續接受下一個媒體的訪問。這麼年輕、直
率、能量煥發的導演，假如她沒有草泥馬tee打扮，走到

街上還是普通一個少女體。《DIVA》是她在四五年累積的成績單：結合紀實與青春片種的成熟作品，不得不承認：這個麥曦茵，更完整、更動人。當然，最好還是見見真人—假如讀者與觀眾羨慕我的話，就證明我的舞台還不算小。

審批機構如何看作品

訪問黎妙雪

黎妙雪拍獨立電影出身，剛巧見證香港電影業走向合拍片的路子。她早在1989年入行，《戀之風景》算是她首部商業電影，拍得很文藝：「其實《情謎》合該在十年前拍的，現在我好像把事業倒過來行進！」假如以一齣愛情驚慄片作為事業開首，或會平地一聲雷？打扮清爽的她，幽了自己一默。不過，讀者千萬別被她騙倒：當年《戀之風景》大獲好評，獲多個影展（包括威尼斯）的提名，而且作品比更多導演更早「進軍」大陸，觀眾至今仍對它念念不忘。

　　香港投資的作品在大陸發行走文藝路線，可能是相對自由的。一般來說，只要「走甜」（不色情，包括牀上戲）、不談鬼神，出境不成問題。大陸審批電影沒有坊間所傳的那麼嚴密，她認為與投資來源地有關：「畢竟香港與大陸（審批機構）隔了一重山。」有時，香港方面會以為有些題材一定不能過關，索性刪去部份，這些所謂自我審查的動作，才是傷害作品的元兇。大陸審批機構反而有對作品動情的一面，就如《情謎》，她知道他們都非常欣賞，所有片段都保留下來，一句也沒有刪過。

　　黎習慣自編自導，常常與她合作的編劇屬河是她拍檔，來自大陸：「《情謎》要找來中國傳統文本，是他提議的。於是，我想起我曾在多年前，在舊書攤買來一冊小開本的《紅梅記》，連唐滌生也是根據它改編的。它一直平放在我書架上。」

　　大陸與香港的文化交流，這麼的一個偶然下，令《情謎》的戲中戲築起一個與創作劇本文本互涉高度：「電影與舞台劇不同。我將電影不能說的對白，安排在《紅梅傳奇》（舞台劇），由劇中角色說出來。」

　　她把《紅梅記》改編，本來故事裡的慧娘顯靈，改為盧昭容幻想李慧娘的鬼魂上了自己的身，黎的說法是「精神分裂」，十分踩界；在被審批的框架中，竟然衍生這難得的創意：「這正是創作人的工作。」她這話也說得非常踩界。

　　在《情謎》裡的舒淇，一人分飾五角：

學生姐妹（1）惠寶（2）惠香，《紅梅傳奇》裡惠寶演的（3）慧娘與惠香演的（4）慧娘與（5）昭容，考驗演員演技之餘，也考驗剪接師傅。「這個類型片，在香港比較罕見；要怎樣平衡推理懸疑與文藝言情的成分，是很困難的。Gordon（《情謎》監製、香港著名電影導演陳嘉上）在這方面提供了重要的意見。」

當然，這也是考驗觀眾的電影：「我所知的大陸觀眾有兩極反應：一是認為這電影充滿智慧，結構複雜而耐讀。」另一反應是認為凡是香港電影都不值得看。她覺得後者大約是受最近中港矛盾的影響所致。電影有許多細節讓觀眾思考，卻因這些社會情緒而影響評價，相信是藝術工作者不願看到的：「我們在音效上做了許多工夫。」電影的用心在於，但凡不能以影像表達的驚慄與暴力，都用了音效來表達，令作品在種種規範裡，以電影技術補足，又或是其中一幕想像的殺人片段，就用切墨魚來表達，特寫墨汁如何流向盤中……至於電影，其實不一定流血才令人有恐怖感，《活埋》就是一例。

「留住香港文化人」

此前，她受不少作品啟發：《古都》（川端康城原著，山口百惠主演）、《W的悲劇》，也會看日本推理小說家東野圭吾的作品：「不過，朋友都勸我別看了……」在她眼中，這電影其實是「很日本」的，也不諱言她受這些作品影響的程度之深。本來，她是想拍一齣像《古都》一樣的電影，言談中也索性以「古都」作

為她新作的代名詞，可惜這作品暫時未能開拍：「為何有《情謎》，其實是因為《古都》。本來我是想拍文藝的，但投資者有看法，於是在《古都》的基礎上產生《情謎》。」這部充滿創意的作品，說是受大陸投資者另類啟發也不為過：「這麼一部片，投資要二千二百萬人民幣。」又令我想起「這正是創作人的工作」這句話。

這樣一來，她不再開拍成本小的文藝片嗎？最近，她在北京與一位法國製片人談過有關電影發行的問題，在法國發行大陸作品如《我十一》（王小帥作品）沒有遇上大問題，在大陸發行大陸作品才遇上問題。他的看法是，片種文藝或是商業其實是一樣的，行業問題從來都與片種無關，而與發行有關。對此她也有體會，認為開拍電影不成問題。

《情謎》本來也有香港投資者願意花幾百萬來拍，可是怎樣把電影在香港與大陸發行？一部投資二千二百萬與投資十萬的電影，在電影工業的某個層面上並沒有分別。她認為，政府資助是好的，可是不應只給錢，而是給一些電影工業欠缺的，例如發行與放映空間：「在香港，有沒有發行公司願意發行，是第一個問題；有沒有足夠的戲院，是第二個問題。」

這回應恰好為她在大陸發展，有了更具體的答案：「香港政府資助製作費是不夠的。在大陸，宣傳費花一千萬是很基本的。」政府資助電影製作費後，還須在文化空間方面著手。《情謎》為甚麼比香港更早上

畫，一來是因為投資者都在大陸，二來是因為上映時間與宣傳期的難以配合。這些在工業方面的事，政府絕對有充足的資源從旁協助。她對特首候選人要開文化局的事，沒有太大的感觸，覺得只要政府給她一個電影院，專門放文藝片的，她一定會繼續創作獨立電影的。

因此，有個說法是：為甚麼香港電影人都往大陸發展，其實是香港趕走了電影工作者。

看來，「留住香港文化人」可能是香港文化局的綱要之一。

時維2012年。

在劏房拍電影

訪問蔡敬文

獨立電影《不設房》（*Roomless*）不算是紀錄片，卻誤打誤撞，拍了近日又被關注的「劏房」細節。「本來只想拍一齣發生在一所位處紅磡的陋室的色情暴力片」，後來，答應蔡敬文（Kingman，下稱K）飾演男主角的朋友，放了他鴿子；在機緣巧合下，又認識了辛比，而辛比所住的劏房，又切合陋室這背景，就索性帶著鏡頭闖進去，用辛比的家為主要場景。K果然是獨立電影導演。採訪當天，發生了花園街劏房火災的慘案：「官竟說排檔排得太密所致。根本不是排檔疏密的問題。」他與主流傳媒觀點不一樣：「排檔之間的罅就算有十米闊，有人縱火，結果也一樣。」或者，大膽假設小心想像就是導演本色。有猜想就有故事，香港的現實愈來愈超乎現實，倒是實情：「你看，種票可以種於不存在的樓層。」你有相對的民主制度，他有精密的心思部署，有時現實比電影更好看，好看得很悲哀。

　　K的社會觀察與意見，令《不設房》有它面貌多樣的爭議元素：領綜援的大學畢業生、改裝劏房為「鳳樓」……電影設定男主角一天之內失去職業、親人、愛人與住處，對社會極度失望，立志要做一條社會寄生蟲，以領取綜援來向政府復仇。在他口中，領取綜援就是政府發薪給他，要這個社會對他的不幸付出代價。那麼，K對領取綜援的人又有甚麼看法？「領取綜援（這回事）是種狀態：金錢不足，生活不來，政府給他們支援」，就是這麼簡單：「我沒有主要的立場，電影也沒有批判（領取綜援的）誰。」香港，又何嘗不向阿爺領綜援？我們都沒資格批判人。

　　至於電影出現的粗口，他認為有「講粗口的必要」：「要表達對社會的不滿，尤其在那個社區，粗口是必須的。我常到紅磡的茶餐廳，顧客無不粗口，他們說得比電影的主角還要流暢得多，這方面我還未夠反映現實。」他將粗口分為兩種：「一種是助語詞，它本來沒甚麼特別意義的」，純粹讓句子在那種語境裡更著力，更流暢；另一種則是性相關用語，即電檢處的定義：「其實劇本第一稿比現在這版本更多粗口，不過我考慮到女性觀眾的反應……沒錯，我不希望讓人反感，其實一直都有考慮與控制，整件事都有許多考慮。」或許這與我們以為的獨立電影定義有分別：「商業電影講casting，獨立電影講藝術感。許多人都認為獨立電影不應照顧觀眾，讓導演任意為之。因此，有些機構會認為這電影不是獨立電影，影響發行可能。要不，你可以靠往商業電影？這電影明顯又不是商業電影。」在尋找發行商的道路上，

一點也不簡單。這齣電影能在THE GRAND CINEMA上映，得來不易。

這條路可從2002年說起，那年他赴美留學，修讀電影；畢業回港後，他深明學位與入不入行無關：「就算入行都只能從場記做起。我未算是入行，現在只能界定為『自己玩』」。在電影工業裡，你想做導演就要先做場記，慢慢捱，捱足十幾年都未必做到導演：「如果我這樣走下去，不會有甚麼前途？做場記副導與電影（創作）根本無關，導演把所有製作上的、自己不想做的，都給副導做。」

K有電影學位而沒有「正規」行業經驗，卻做出一項壯舉：六月在藝術中心租場，二百張戲票竟然賣光，出乎他意料；八月又租一次，結果又full house：「獨立電影假如在戲院正式上映，極其量只能做到『特別放映』，每周一場那種。」THE GRAND CINEMA正在上映的形式，正是這種。

「香港已死」？

「通常電影是交給一些發行公司，例如《大藍湖》交給Golden Scene，較少像我這種『自己撲』的狀況。有次跟一間戲院談包場，真經典！」話說有種放映形式是這樣的：由出品人包場，即是向戲院買全場的戲票，然後再賣給觀眾，看看怎樣歸本。在他找到THE GRAND CINEMA這伯樂之前，就遇上某院線辦公室的經典行徑：不許K賣票：「畀你賣票，容乜易你會入去（戲院）殺人放

火！」K對這位小姐的專業態度不無感慨：「假如你覺得我作為一個包場的客會進去殺人放火，那麼，我買五十元一張票進場，是否也會質疑我一樣去殺人放火？」於是，在香港搞獨立電影，如果要在戲院上映而又有那種負責人掌權的話，「包場」並不是個好方法。

最反高潮的是，這個拍粗口色情暴力三級片的人，原來是個基督徒。畢業後，他覺得電影在工作本身的文化與自己的性格不夾調，輾轉間，到了一些機構工作：「如走那條路，捱到一年半載，生活顛倒⋯⋯這不適合自己。只要將來做到導演，沒有人介意你如何行到那個位；就算做不到主流導演，做自己的（作品），也已達成自己的理想。」2006年，他拍了第一齣電影《世界很好我們很糟》後，拿著DVD見工，結果憑這齣談亂倫弒父的作品，加入基督教機構做MV、剪片工作。他為專心拍攝《不設房》而辭掉工作，自掏荷包以破紀錄電影成本兩萬大元拍完這作品：「人性有兩極，講到底都是人。拍正面的我喜歡，拍負面的也喜歡。我也明白，有某種基督教影音作品，只說光明一面，這太偏激。這世界有許多黑暗，所以才信宗教⋯⋯我也明白，的確有某種基督徒會令人對基督教卻步。」

《不設房》的主題是「香港已死」：「再不改變，今日的中國可能就是未來的香港。」整個社會太負面，於K而言，最恐怖的不是官商勾結，而是枱面交易：「最後，男主角租住的劏房那唐樓倒塌了。看了《不設房》的朋友都對這種香港變化笑不出聲來。這不關我事，現實如此。」

本土電影的不合作運動

訪問黃修平與《狂舞派》演員

「香港應該要有這部電影！」說者是個中年觀眾，他把話貼在網上，引來不少認同。2013年，「香港應該要有」的這部電影叫《狂舞派》，大部份演員都是舞者，除了女主角與客串演員之外，大家都第一次拍戲，經導演召集而來。訪問那天，我們在觀塘工廈地庫一間結他店席地而坐，圍個小圈，盤起腿來，像集體修行。這群年輕人時而互相表揚，時而郁身郁勢，其中一個舞者孖八，在戲中只配了一句對白，出鏡也不多，卻說了整部電影最令人難忘的話：「我們青春的傷口並不是拿來開玩笑的！」sound bite搶人耳膜。《狂舞派》在電影節與優先場上映後，廣受好評，可是一般被視為勵志片，導演黃修平有點莫奈何：「我從來沒想過這是『勵志片』。如果大家都說它是，我不抗拒，也沒辦法。」這的確是講述一群尚未入世的年輕人堅守信念的電影，它與一般「勵志片」的最大差別是「道理位」；角色偶有獨白（如女主角幾次vo），卻顯得十分克制（如柒良、黃貫中一段）。

　　問舞者在戲裡是真跳還是chok跳，他們哄笑，因戲裡的他們曾以既羨慕又妒忌的心態葡萄過跳得比自己好的人，說那些人chok（造作）。「跳舞的本質其實就是chok，很難分真與chok，只知道我們都很喜歡跳（舞）。」劉敬雯（Lydia，飾奶茶）能言善道，替我對跳舞的誤解打個圓場，還不時表場隊友如黃莉雅（Tasha，飾阿飄）和男主角楊樂文（LokmaN，飾Dove）。而女主角顏卓靈（Cherry，飾阿花）拍攝這部電影時，仍是中學生。她回憶那年暑假穿著冬裝來演這部電影的經過：為配合Tommy Guns（飾Stormy）來港日子，須連續幾天不眠不休地拍攝。有段情節在上環街巷取景，是Tommy Guns留港的最後一天。那段戲拍攝至當天清晨，扶著輪椅演戲的顏卓靈很佩服Tommy Guns等舞者——已跳了一整晚，仍有體力應付那麼多高難度舞姿。

　　演員拍攝後，都沒得看playback，演員與舞者都好奇，這部電影如何逃過美國大片《舞出真我》（Step Up）的陰影？黃修平談起電影的構思緣起。他常常在Poly（香港理工大學）看到許多人在特定的地方跳舞。那些舞者無分國籍，每次看到的都不一樣，這引起他的好奇：為甚麼有這麼多陌生人在同一地方跳舞。

　　黃修平與舞者聊天，才知道Poly某便利店外的平台，是世界舞壇勝地，不少舞者為這方平台專程來港。追查下去，原來曾發生過一件事，關於學校與校內喜歡跳舞的學生一些瓜葛，最終學生還是輸了，學校不給他們房間練習，使得他們自己尋找地方跳舞。黃修平改編真實故事，為比他更年輕的、有理想的人拍攝這齣堅守信念

的電影，其實是延續了那班學生的精神；它不僅是一場青春紀事，更重要的是，它是一場年輕人與成年人抗爭的紀錄，是年輕人踏入社會前的一些提示。

楊樂文在電影裡飾演的，就是抗爭者；他沒有很激烈的、明顯的反抗，只在現實中不斷尋找空間：既然學校不給他們房間排練，他們就在學校旁找一個空地；既然舞壇小看他們的實力，他們就在學校裡尋找新人。他把「不合作」轉化為積極態度，為的不是學校給或不給一個空間，而是身為舞者的尊嚴！在他感情生活出了問題時，他會用跳舞來宣泄——那場舞，劉敬雯覺得他非常了得，那場獨舞難度在於情緒和體力，邊跳舞邊演戲，而楊樂文為這場赤身演出的舞，花了幾星期健身；演前還自發地培養情緒，出乎導演意料。這群年輕人為這電影傾盡全力：顏卓靈負傷演出，沒跟導演說她左腳傷了，而戲中要演的是右腳受傷的舞者單腳跳舞；黃莉雅在工廈天台跳的一場舞弄傷了肩頸，仍負傷續演，都沒跟導演說自己受傷；孖八出場次數不多，卻無怨言，後來知道要替電影配音，還是全情投入。這群八九〇後就算沒演《狂舞派》，本身也是青春而認真的人。

試鏡舞者500人

這群人是怎麼找來的？導演把電影試鏡消息貼在網上，頓時引起各路舞者關注，參與試鏡的舞者有五百人！香港年輕舞者之多，真不可小覷。《狂舞派》受香港電影發展基金（下稱「基金」）資助，在電影節發燒

友的首映中，有基金高層在看；看後，他激動地握著導演的手說：「如有下一集，一定要申請！」能獲坊間影評人、文化人等一致認同，並不簡單；能獲政府資助機構如此肯定，則令導演感到鼓舞。

早前，不少網民因「本土」話題引起各種討論。觀乎《狂舞派》故事以豆品小店入話，又融合街舞與太極，創出一套悅目舞蹈，導演說，這就是「香港」——「乜都可以溝埋」，像盤菜，像鴛鴦……在香港把兩個截然不同的事物混合起來，就有新意，就是「本土」。

不少年長觀眾看《狂舞派》後，都熱血沸騰，在鍵盤與iPad上寫觀影後感，或許大家都讀出「本土」成分？大家在香港再次關心身份與價值的當下，《狂舞派》是「勵志片」是錯不了。

外一章
電影裡的父親

香港經典動畫《菠蘿油王子》（2004）是個尋找
父親與記憶的故事。前音樂組合at17在片中翻唱
《我的心裡只有你沒有他》，畫面是面朝大海春
暖花開的美景，情節是麥太為自己挑選墓地，提
早向麥兜交代身後事。母子對望、擁抱、哭泣。
此曲自是麥太唱給孩子的親子歌，同是她向拋棄
自己的那個男人、麥兜的父親所唱的情歌。這一
幕和這首歌，是催淚彈；配以市建局快要拆毀他
們的房子的背景，他們的家在物理上快要毀了，
心理上的家亦見不整全，難怪動畫內容多是瑣碎
胡鬧的孩子尋常。

　　許多年後，我在戲院看《尋找隱世巨聲》（*Searching For Sugar Man*），全院觀眾又笑又哭；看到這齣紀錄片的幾個長鏡頭，片中有美國創作歌手Sixto Daz Rodrguez在雪地上蹣跚走著，那是他每天徒步來回工作地點的路，是他日常生活。這麼巨大的父親形象，我偏偏想起父親缺席的麥兜電影。

　　一個男人，沒有為家庭負責任的毅力和勇氣，母親在孩子面前，卻會為他美化粉飾，編造許多尋找理想的故事，建立父親形象。麥兜父親的存在，於麥兜的記憶裡，永遠是個愛冒險、愛講道理的父親；麥太為孩子說故事，同時為他的缺席找理由。後來，麥兜有了幾個成長後的模樣，都是麥太教育有方的成果。

　　麥兜父親為夢想而離家，Sixto Daz Rodrguez則在音樂理想的迷霧中，不曾離開他居住的城市。年輕時，他曾受賞識，可惜唱片滯銷。他又曾為社區參選，最後落敗。年邁，仍幹著粗活，甘願過著貧窮生活。在許多香港人眼中，他未必是個所謂的成功男人；可以肯定的是，他會被怪獸家長描述為「唔好學佢」的個案。及至他在南非開演唱會，演出收入大都交給家人，自己繼續工人生活，或會令那些為孩子尋找勵志教材的家長措手不及——在今天「美國夢」與「中國夢」的氛圍裡，竟有人甘於平淡？

　　紀錄片導演訪問他的女兒，講述父親去工作前，會帶她去圖書館、博物館，下班才接她回家。他們居住的底特律雖已是破落的工業城市，卻因這個父親不一般的教

育，令她自小擁有過人的視野。女兒的音樂父親，平日穿著燕尾服去做苦力，工人朋友都取笑他，卻又佩服他凡事認真、專注的性格。

他女兒和工人朋友都不相信他已在南非成名，巨額版稅也不知落在誰手（導演訪問過疑似收受者）他受訪時，看來不在意那筆以十萬百萬計的版稅下落，只管彈唱自己創作的歌，每次都為歌曲改編，又與樂隊合作，保持作品的活力。

Sixto Daz Rodrguez無疑是神級父親：在殘破的城市安身立命，並且愛上這個有缺陷的家。失意時，沒有怨天尤人。未達成音樂理想，向現實低頭，卻不損尊嚴，用體力來謀生，並好好教育下一代。音樂理想在晚年才達成，卻不因受歡迎而改變生活與人生觀。為人處事，都是父親榜樣。看看那些涉嫌懷才不遇的作品，有幾人是麥兜父親，為了夢想，拋棄家庭；有幾人是Sixto Daz Rodrguez，為了餬口，放棄夢想。可悲的是，前者往往受文青讚頌。

許多人以為，父親節是感恩的日子。在我看來，或是許多父親再度成長的機遇。但願麥兜父親都尋回自己的兒女，做個平凡父親就行，與孩子過一個愉快的父親節。

閲讀之必要

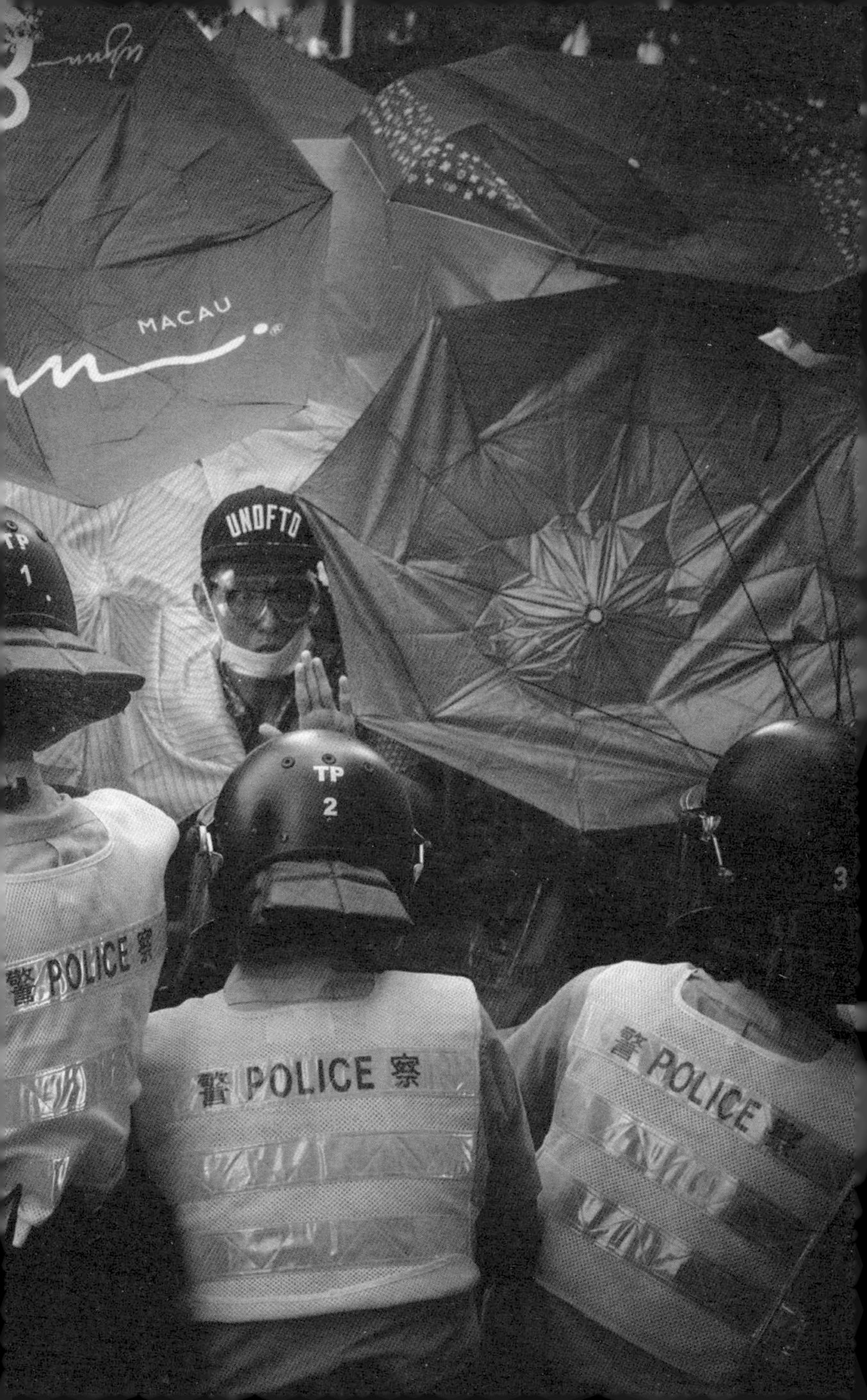
MACAU
UNDFTO
TP
1
TP
2
3
警 POLICE 察
警 POLICE 察
警 POLICE

小說工藝之必要

讀《那夜凌晨，我坐上了旺角開往大埔的紅VAN》

「若這是倪匡寫的衛斯理故事，我大概可以用
『受過嚴格的中國武術訓練』這種匪夷所思的理
由來胡混過去。可這不是小說，我也不姓
『衛』，除了小時候曾學過兩個禮拜的柔道興
趣班外，從沒接受過任何的武術訓練。此時此
刻，我已經冷得快要休克倒地，不省人事了。」

（《那夜凌晨，我坐上了旺角開往大埔的紅VAN》Section19「牆的另一邊」）

　　《紅VAN》出版至今近兩年，它有在高登貼文的寫作背景。據悉，寫作過程曾有大量高登巴打絲打意見，「定本」已與「初稿」不同，可是以現時印在書中的文字看來，它仍似是個初稿。就算這是「帶有科幻色彩的懸疑故事」（《紅VAN》作者序），作為已屬紙本的懸疑故事，有它廣泛流傳為基礎，並有嘗試呼應幾代前的作家作品，我們很難不「透過一種特殊類型或公式的歷史轉變過程」觀察社會關係的遷移（羅，1990），討論香港科幻小說書寫的脈絡與作品水平。

　　香港有不少作家書寫科幻小說以全神貫注，在類型小說的勤奮，與銷量成正比。近如譚劍，他有媒體工作的經驗，在作品中，不難發現他對世界構建與權力關係有深入思考；遠如香港科幻小說鼻祖級人物倪匡，就是曾在報館默默工作的奇人，第一次執筆寫的並不是科幻小說，而是時政評論。他的「初稿」先在報章雜誌連載，才結集成書。倪匡筆下的科幻小說，有好些題材都來自科學雜誌（沈，2008），就「類型」而論，它並不純然是科幻，情節夾雜大量武俠成份（如引文）。科幻小說作家昔日親身經歷的與今天的已有不同，作家書寫的方式、蒐集資料的方法、讀者對象等，則沒有改變過——以倪匡與《紅VAN》作者為例，昔日從科學雜誌蒐集資料、據世界地圖想像世界，今天從維基百科轉貼材料、據google map描述社區；昔日在《真報》、《明報》等連載作品，今天以高登討論區為主。我們要問的是，今天的科幻小說書寫，在取材與形式上有沒有改變；如要更嚴謹看待，要問的是，有沒有進步。

　　「小說作為說故事的藝術表現」至今仍未被顛覆；一旦顛覆，小說甚麼也不是。《紅VAN》作者創作意識強烈——「作為來自香港的故事創作者，我們必須及有義務，把注意力重新放置在『香港』上」，文中引用的歌曲不乏本地作品（連港劇都有提及，取材自紅VAN易起共鳴，並忠實地呈現大埔面貌，可視為具有藝術追求的表現。只是，再好的創作意識，還須貼近這種意識的良好工具（語文）與工匠心態，小說書寫才不至於眼高手低。

「高登文學」真與偽

　　有人認為《紅VAN》屬「高登文學」，我會說它與我所理解的「高登文學」區別頗大。網絡文學的文字以紙本面世確要「多謝高登先」：「高登」十多年以來，可謂主導坊間創意發展：從惡搞圖（2012特首選舉尤其熱烈）、惡搞歌（從《香港始終有你》到《福佳始終有你》），到近年興起的書寫高手——撰寫「明將」食評可以瘋傳、描述北上尋歡或性與權力可以出書（向西村上春樹、小性奴），都因高登容許聚眾者以匿名方式「留名」追讀；新作者在網絡有了讀者，出版作品就有保底作用（與當年作家自報章連載後出版的效應類同）。

　　就容我科幻地想像，在一百年後評價「《紅VAN》作為高登文學」的評論人或文學研究人會說甚麼：語言生硬（指的是粗口）、維基太多（幾乎直接轉貼，為數不

少）、部份情節欠說服力（小巴司機「屌那星」的英語拼音太準確）、靚抽欠奉（比喻失當）……

以引文觀之，「我」有讀衛斯理，並對衛斯理「受過嚴格的中國武術訓練」是有看法的。或者，有人理解這是敘述者的自信，試著挑戰衛斯理？我會說，在年代與寫作起步點都差太遠的狀況下，敘述者夾敘夾議的寫法，或已冒犯了類型小說書寫：敘述者三天三夜近乎沒有睡過一場覺並且一度休克而仍有體力不斷逃跑、搬屍、討論、打架、接電話……假如沒有「匪夷所思的理由」，也難以完成這麼多任務？衛斯理好歹有「受過嚴格的中國武術訓練」這解釋，而《紅VAN》作者指「角色在故事裡到的地方，做的事，我們在真實世界也一樣可以辦到」，從敘述者的行為看來，尋常人難以辦到？

回顧衛斯理故事，它們都來自作者先有政論、愛情小說書寫（《呼倫池上的微波》）、武俠小說書寫，才有衛斯理。這是倪匡在書寫方面（自詡天才而其實）受過嚴格訓練的好處，有了這種基礎，天才方得發揮、發展。《紅VAN》佈局與不少科幻小說與電影雷同，它既然是種集體創作的整合，在此亦不必評論它與其他作品有否參照；值得我們深思的是，《紅VAN》敘述者所用的材料遠比昔日為多，敘述故事的條件遠比昔日為優，假設「流行小說的類型發展，與文體本身的演化、作者一己的觀點及讀者趣味的改變」（羅）有關，我們只能這樣說：《紅VAN》在文中呼應過的不少（小說與電影）作品，並未有超越；從各個可參照的文本看來，《紅VAN》作為一本受歡迎而「帶有科幻色彩的懸疑故事」書，是

香港類型小說書寫與閱讀的一大倒退，甚至是香港當今高舉本土意識而忽略工藝的哀歌。

　　創作可以是個人的事，經集體創作而後有定本更是小說傳統。面對這本暢銷的、具影響力的作品，我想說的是，類型小說在出版後再經修訂的情況，是常見的（金庸與衛斯理都做過）。如作者認同小說書寫是種工藝，並同意《紅VAN》這版本是初稿，讀者如我，期待作者下次再刷前考慮一下。

1羅貴祥：《大眾文化與香港》香港：青文書屋，1990
2沈西城：《香港三大才子》香港：利文出版社，2008

九二八過後，出版再不一樣

2014年7月書展過後兩月，以為香港出版界無甚可觀，不料九月續見書展延續的收成似比九月新書搶眼，亮點就是：兩冊由商務印書館重編的蕭紅作品選集再刷。系列文學作品在書展大賣後六十天，受多種因素令蕭紅受歡迎的現象回復至八九〇年代香港的文藝氣象，最令人容易聯想莫過於《黃金時代》快將上映；電影因素當然有影響，這兩個月電影宣傳不斷，在出版角度看，蕭紅作品曾由三聯書店出版系列袖珍本，在千禧年前後大賣，同系列有古今中國文學。

　　蕭紅作品在香港的火熱不止此時，當年劉以鬯先生引進並編輯《跋涉》就曾影響那一代文青，可惜歷來討論大都集中蕭紅生平所遇上的男人，文學手法也討論得七七八八，未見探得新意義。

　　在我眼中，上述的都不如商務重編時請來的兩位女作家：洛楓與曹疏影，寫得更具意思。在這時代重編蕭紅，就需要她們的視角與視野；作品好銷，二人導讀開拓另一個討論蕭紅的切入點，而這次討論有作品普及的背景，將是華文世界一場又一場重要的蕭紅文本細讀運動。

　　舊日子的文青在今天開花結果，新一代文青又如何？台灣與香港都有豐收。八月台灣幾場朗讀節活動，作家、明星與政界人物都出場後，台灣文青已忙翻；九月新書仍由文青主導：《好燙詩刊》閃現台灣書市，鄭聿《玻璃》受台灣文青追捧，上一本詩集《玩具刀》以香港文青想像不來的銷量圓滿了工程，《玻璃》此書薄薄的一冊，詩數十首，卻藏起一個罕見的設計概念：封面內是圖文對反的印刷，反轉的作者名，反轉的書名，是在玻璃上寫字後的效果，令詩集的封面透明起來。喜見台灣文青新意之餘，香港文青亦有搞作。

　　新晉作家紅眼在cup與高登畫師阿塗合作，文學小說crossover漫畫。此舉漫畫家江記智海早就做過了，不過對於cup這種出版社來說，這種挑戰文學低銷量傳統的舉措，還是值得我們注意。九月還有一冊文青秘史：香港進一步出版的《72511見證公民抗命》中，被捕者有不少

文青在，有以高登筆法寫文章的，也有詡實紀錄的，出版社自社運找到題材與出路，政治環境造就香港社科書熱，並已佔領書店豬肉枱，就如八月所出周保松《政治的道德》大賣，自此，書店店員對文學書與社科書都有更多看法了。

香港史，以及太陽花學運

說香港「十月圍城」一點也不誇張，九二八警察封路釀成市民佔領馬路至截稿前，港人一方面在全球關注的公民抗命運動上展現最寶貴的香港精神，一方面不斷發揮創意，為運動刻上重要的文字與圖像紀錄。在民間與執政者角力的同時，新近出版的四種書，值得港人在抗命前後細讀。

香港至今似未解殖，今昔港人無論在英國與中國治權下，要書寫香港當下，都有它的難度。去年發表《香港戰前報業》、曾任港大孔道安紀念圖書館館長的楊國雄，在新著《舊書刊中的香港身世》再展示他的圖書館功夫，為香港史研究者整理多種材料，其中有介紹香港最早的通論（《香港雜記》，陳鏸勳，1894）被當時政府變相審查的紀錄，被迫更正：「這本《香港雜記》出版後，曾引起過文字上的風波，原來在《香港雜記》和另一本《富國自強》的書內，稱謂和體例都不盡合香港政府之意，因此這本書在書後作了一個更正啟事⋯⋯」作者拍攝書中啟事，這麼寫著：「英廷、中廷均應一律抬寫，何以抬中廷而不抬英廷之理乎？種種破綻前經來署面晤，自知汗顏，今雖更正，尚未盡善，仍望詳細檢察安為繕正，方可發售。」楊國雄從這部四十八頁線裝舊書找到殖民線索，還為讀者追查該書作者身世與同代背景，透過陳氏自序的寫作地點（輔仁文社，中環結志街百子里），介紹當年革命分子與文社的關係。《舊書刊中的香港身世》在其他部份有述香港商人在中港關係之間的角色，亦有從舊報上的社會觀察歸納當時香港各貌。此時此刻，此書似為今日香港帶來啟示：香港百年來的「進步」似乎只是從一個直接治權換上另一個表面間接的治權⋯⋯

在佔領期間，我常閒逛旺角，累了就坐下來。有一晚巧遇孟浪，他在背包掏了本新書送我《教育詩篇二十五首》，全書輯錄作者歷來為六四而寫的詩，中英對譯。許多前輩都在說，佔領期間所見的好人好事，都令他們

聯想到六四前夕；今讀來自中國大陸的孟浪作品如〈時間涼了〉、〈大火中言猶未盡〉、〈軀體野蠻地向歷史衝去〉、〈世界圖景〉等，都有唏噓：「遠方，距離我究竟多遠／我殉難般走向那裡又如何／讓我消失在風暴之中／在那巨大的塵柱後面／在風暴中那站立著的人們後面／比遠方更遠！」一段不被書寫的歷史，近日竟有親建制人士提起，聽起來還是無比諷刺：用自己不敢評說的歷史來威嚇別人，不就等於承認了？詩於歷史的忠實、出於家國情感的抒懷，才是永恆的；念詩，我們就有了記憶。

台灣太陽花學運期間，出版業稍息，書市沒以往暢旺，可為今日香港作個對照；今台灣有點起色，兩種書值得香港此刻留心。《歲月的孩子：366個故事》作者加萊亞諾受馬雅傳說啟發，自各地蒐集366則歷史，用自己的方式、文學的手法、最短的文句「記錄」下來，好些看來大是大非，讀起來卻又幽默有趣；有些則不知所云，猜想好一陣子才知所指何事，可說是歷史常識的考卷，令人想到干寶所為。另一本是《味無味集》，我是作者楊子葆的老讀者了，自從他出版與鐵路有關的書，我已成了他的書迷。到他談紅酒說吃喝，沒再細讀。作者曾居巴黎，書中不少法國菜，是他從那段巴黎時光帶到今天的，還有他繼續鑽研的飲食之道，在食物面前，世界是平的。

書寫還得靠一代人努力作為。史字，本義就是人手提筆記錄，今香港民主路危，需要一支筆，更需要一本又一本書。以上僅是其中四本新著，盼都有用。

九二八過後，香港要Stand UP

國際知名的香港作家也斯告別人間年餘，關於他的活動與著作，比他生前的參與的、出版的更多、更頻密，彷彿仍未話別。台灣「香港週」在2014年10月下旬開始，以多種藝術形式展出也斯詩作，又邀請文化人梁文道等人念詩，遙遠呼應記憶猶新的歷史，以及香港的雨傘運動。今年，也斯共有兩部作品出版，一部是彼岸台灣大學此時出版、分上下兩冊的梁秉鈞詩選，另一部是由影評人主編的也斯影評結集。也斯生前的影評書寫散見各紙媒，卻一直未有整理；編者鄭政恆為也斯讀者整存影評稿件與材料，編成《也斯影評集》，由香港電影評論學會出版。

也斯曾說過，他早期有些詩作是來自戲院的，一邊睇戲，一邊在筆記簿寫下一些即席聯想與句子。這些在陰暗的環境中寫下來的，或早已整理為詩歌發表，或仍未公開。而他長年在映畫光影下的努力，出於興致有，出於研究、教育有，出於評論的更見規模，當中好些觀點，今天有不少影評人受他啟蒙，將之延伸。《也斯影評集》除了啟首歐美電影評論外，還有些文章寫香港合拍片時代初始模樣，概論有，以類型分論有，觸及香港之痛、之殤亦有之。這麼近那麼遠，也斯所談的香港彷彿已不是我們眼前的。在所謂的本土意識崛起後，我們更懷念也斯在生的年代：認真地閱讀早期香港電影與文學，沒有本土派，只有本土。

這兩三個月常聽見一群議員高談「外國勢力」論，以下可供議員參考：《非我族裔：戰前香港的外籍族群》，講的是仍在英國政府治下的香港，有哪些外國勢力介入過，有官商一體的英人、自澳門移居香港的葡萄牙人、傳教的法國人與美國人……在外國勢力盡情介入擾我中華的年代，香港這個小規模的戰前人口調查又教香港人重新認識獅子山下、太平山下。書由丁新豹、盧淑櫻合著，寫到九龍塘城市規劃：「布拉架是九龍塘花園城市計劃的牽頭人之一，少數葡人更入住環境幽靜的嘉多利山，該區的布拉架街（Braga Circuit）及何文田的梭椏道（Soares Avenue）、棗利亞道（Julia Avenue）及艷馬道（Emma Avenue）都是以香港顯赫的葡人命名；其中後三者更是本人及妻女的名字。[⋯⋯]。從澳門遷港的芸芸葡人家族中，以李安納度‧卡斯特羅兄弟為最早。他和其

弟約瑟（Jose Maria）均在設於澳門的英國駐華商務總監辦事處當文員。」以上來自澳門的葡國人所開發的土地與歷史，九龍塘於他們而言，是名符其實的「又一城」。

當年香港從無到有，今天香港面對的則是社會結構問題。不少學者研究多年、激進派議員爭取多年的全民退休保障計劃，民間、學者、官員、議員仍在研討，《香港要Stand UP》的出版，為這項關乎民生的政策集思匯智，書中有好些外地經驗比較，亦有關乎中產的觀點，如編者所言，「隨著世代交替，新一代中產階層的境況已大不如前。父輩縱使可憑個人努力，達到事業有成，生活富足，憂慮盡是子女前途；新一輩或許學有所成，但卻進身無路，事業浮沉，自己無從規劃未來。」談到大學生，台灣知名博客新著《人渣文本》（寶瓶）以幽默尖刻的方式詳談台灣大學生的際遇和處境，當然有提到太陽花學運下的世代問題。這麼近那麼遠，這兩本書似乎屬佔領區必讀之書？今年是香港文學豐收的一年，陳暉健《關於以太》不純粹談情，還有不少詩歌寫流浪與城市。

詩的語言從來都是一座城市的更新來源，詩既是語言的革命，也是世代的革命，此書是作者第一本詩集，光芒如何，留待讀者到書店尋找光源。

拒絕被餵飼的台灣書評誌

讀《讀裁讀儕的肚臍》

香港最近因一場文學獎鬧得風風雨雨，討論2013至14年間出版的詩集裡，有哪幾本在初選中榜，哪幾本在決選落榜，評審過程會否公開，評審準則如何。區議會選舉剛過，時事議題把每天報章每周雜誌擠得滿滿，就是平日愛剝花生的圍觀網民，都沒留意這場幾乎每兩年爭論一次的本地文學獎——「中文文學雙年獎」，是要頒給前年至去年出過書的作家，表揚他們的創作、對香港文學的貢獻，得獎者可獲剛好五位數字獎金。這些書在市面銷量能越二百冊已算暢銷；一經獲獎，受評審員肯定，既會在官方（康文署）主辦的文學獎留名，也為香港文學作家帶來銷量以外的成就感和滿足感。相信沒有誰敢說自己不在意得獎與落選的；令人想不到的，倒是爭論到了今天，竟激起了落選的青年詩人，以詩作回應評審員的網上言論，亦有評論人義憤填膺發話回應，繼早前的「文學綜援論」後，又一筆散發著火藥味的議論。

　　然而，比起台灣數十年前的「鄉土文學」爭議、至今未休的「文學獎」爭論，上述在港發生的僅屬小規模筆戰而已，未因激烈爭議而有文青搞本雜誌來個大反擊，暫見只有小量網上疑似回應（見網上文學雜誌《字蟲》）。台灣文學背景非拉幾句扯一段字就交代清楚，本文在討論台灣書評組織「秘密讀者」所編《讀裁讀儕的肚臍》前，須如是這般略説一下，才足以令讀者明白此書對整個華文文學世界的影響如何。日治時期人民血淚，原住民創傷，白色恐怖的無孔不入，數不完的天災……台灣文學題材與土地、政治密不可分。那些年，誰都認識到島內政治風波，甚至有作家身受其害，被關在綠島經歷無數拷問，九死一生。台灣文學不斷影響華文世界文學思潮，在殖民與解殖、戒嚴與解嚴等血染的大背景下，作家與評論者思索的，比起經歷文革止於傷痕尋根而轉向今日荒誕的大陸文學，還是更多樣、複雜、深沉，根源既非純粹本土亦非全然來自對岸，而是僅僅數十年間頻頻發生的流血事件，逼使台灣作家強壯起來，以文學來表達與回應，早就成為台灣許多作家的習慣。

那是筆戰的年代

　　七八〇年代的台港交流頻繁，詩人余光中來到香港中文大學任教，影響一代港澳詩人。那是筆戰的年代，台灣作品和討論都夾雜太多本土關注與對岸情感，海峽並沒有全然隔開兩岸文學書寫的隱然（包括鄉愿）要素。為人熟悉的有楊牧寫〈有人問我公理和正義的問題〉，

以詩歌創作來回覆一封青年給他的信，談的大話題，就是離鄉的現實與還鄉的可能；余光中〈郵票〉就表達得更直接了，直指「母親在那頭」。台灣文學好些筆戰討論有與政治相關的基礎，不管誰承認誰否定，都有源於土地與當權者（包括對岸）給他們的危機感，或是外省人來台後的思鄉情懷。所謂中華傳統文化的傳承，在我這種讀者看來，逃不出解放大陸的意圖：從島到岸、到大陸的文化反攻，儘管今天的台灣青年，命運與前景多少在自己的掌握（的選票）了，生活仍不免被「光復」「復興」等街道名車站名無時無刻包圍著，隱約還是意識到兩岸分隔的地理與現實。

台灣文學發展至今，青年作家與論者在跨海想像（藍）與堅守領土（綠）之間，早在成長階段經歷民主選舉給民眾的各式思想準備：無可無不可。回顧昔日好些爭辯，在今天的青年看來，只是要認識的一回事，未必是自己關心的一回事。或者，台灣人也不大了解，台灣文學在中華文學歷史長河裡，比起現當代中國文學，台灣曾壓迫人的、後來還政於民、建立民主政制的一黨，影響力有多大，迫出哪些作家，都值得華文世界細讀。及至太陽花學運前的台灣，文藝世界又不一樣了。

2008年詩刊《衛生紙詩刊＋》創刊，鴻鴻把世界議題與台灣本土話題引進詩刊，讀詩，會讀到詩人意見，甚至異見。2010年《跳吧》有以少年視角看兩岸（「他們在講中國，我想到的卻是西門町」），作者何獻瑞以頗傳統說故事的形式思考台灣；下筆並非表態，而是說著影響幾代台灣人的故事與新世代的隔閡有多大，更重要的

是談兩三代人如何以故事溝通。2011年夏，張大春先在臉書宣告不再擔任文學獎評審，以行動表達他對文學獎與今日青年寫作的意見，象徵著台灣文學獎求進求新的時代已然來臨；後有書業折扣爭議，出版界與作家收入大受影響，逐有人組織起來，向書店和政府表達想法，成為文化界一場重要運動，至今未息；台灣文藝青年有關心文學獎過盛的不良，有關心書業「打書」行銷語言的浮誇、書籍封面採用外地人特寫照片與康熙字體的氾濫。

2013年，有人創辦《秘密讀者》，要做「一本引誘你誠實的文學書評誌」，每月20號以匿名形式選書品評，在網上發表。哪管你是名家老鬼還是初寫新人，凡有書出，經他們探視鑽研，總有你意想不到的結果。豐碩的台灣文學因此有了新生代視角的介入，用新方式來閱讀。

大唐李白以外

以上長篇大論一番，正為當下：《秘密讀者》編者與評論者筆下的書評，不會先例行公事提供背景，例如1962年受施明德所累要坐政治黑牢的作家施明正，麥田出版社在2003年為他編成《島上的愛與死：施明正小說集》，評論者在書評開首並不是跟你談施明正，而是談「其句冗長，而且句子往往失去建立主詞與述詞的關係之功能」──是談語法！書評作為一個提供書籍資訊與讀者意見的文體，這種寫法就是假設你都讀過這部作品，

而不是來被餵飼的。然則施明正身世畢竟是造就奇作的重要線索，是「已被接枝、插種過的人種」了，評論者要談「國民黨政權下的安全技藝、指導官，與我」，當然會談到他筆下的牢獄生涯和省思，讀來幾可對照今天香港掌權者的暴行由來；評論者就是會揪出核心來，與讀者好好談「指導官」這角色在台灣歷史的位置：「台灣的政治抵抗史選擇了這樣的走向，指導官權力是一把推手。這套安全技藝所應對的問題是槍桿子與警棍不能直接觸及的思想，乃至於先行挑選出值得投資監視資源的對象。更重要的是，它給人對可能與不可能的判斷，設下規定，使人監視自己、強制自己，令權力增殖。二戰後的國民黨政權，在治理過程中逐步對社會的不同網絡測試、套用、挪用各種『安全』的技藝。訓導與輔導之於學校，指導官之於軍隊（乃及經歷過軍隊的生理男性），而教育學、精神病學等學門則供給『說詞』、為之背書。本文所論之圍繞指導官的權力乃是其中一環。」在作家筆下的政權與暴力、評論者的思考與辯論，《讀裁讀儕的肚臍》重整電子雜誌上的編次，並為以往匿名評論者正式具名刊錄。

新角度是《秘密讀者》提供的，所評論的範圍不設限，無分雅俗，更無地域區隔，例如評論《後宮甄嬛傳》。評論者不跟你談愛情，而是談這群女性在後宮的政治生涯（如何各自受限於家世）、為爭奪權力而適時團結（甄嬛早產、眉莊陪伴）等，偏偏甄嬛在這後宮政治裡想要的是愛而已，整個人生都錯置、錯託了。評論者把這一切都歸納為「男人該怕甄嬛傳」的原因—男人

在後宮政治裡只是權力的代理人，真正弄權的人一直在後宮。最可悲的不是弄權的女子，而是以為自己大權在握、其實受盡束縛的男人。

至於張大春的「大唐李白」系列小說，評論者先拿出版社打書的宣傳語來個開場白，然後谷阿莫式為書總結二百字故事大綱，才評論小說家整理李白材料的方式有何意義；坊間未見的批評，這篇都做到了。

與其說書評在狠批別人不敢／不會評的大師作品，不如說評論者更關心的是當下台灣小說發展還可以走到哪一地步。初讀匿名版本，覺得評論者本身也是小說作家；讀了《讀裁讀儕的肚臍》揭盅，果然沒有猜錯，是個寫小說的青年作者。

張大春在臉書先宣告不再擔任文學獎評審，後來在報章上續寫下去：「（評審之間的）這些商量，大部份都不能見諸公開記錄，因為沒有一位評審願意對明顯是初出茅廬的寫手過於苛求，也沒有一位評審在衡文失望之餘，還忍心讓出錢出力勉強維持著文學獎門面的單位受到不必要的質疑和責難。然而事實是：文學獎越來越能鼓勵的是同質性極高而個性與創造性極低的作品。」台灣具文學成就的小說家名單已夠長了，一般讀者有時還是吃不消的；因文學獎而湧現的新人，似乎又只會緊追遊戲規則走著。

「中文系的神話」

有了《秘密讀者》隨時歡迎政治議題與文學並讀的各種行動，文學獎就不限於創新創新和創新，例如他們在十月發刊的「中文系的神話」專題，開場白就寫台灣的「本土」觀：「或許是2013年之後，台灣的主流社會氛圍越來越趨向『本土』一側，原來佔據了政治、社會和文化領域上層地位的『中國性』──無論那是甚麼意思──都在面臨衰退。回應這種衰退的，有統派政黨的日漸激進化，以致有了柱柱姊的奇幻旅程和更加奇幻的朱逐主柱事件；而在文化領域，『中國』認同的聲量顯然不再理直氣壯，瀰漫著焦慮和不安。但沒有聲量並不意味著不存在，只是活動的方向不見得是人們檯面上看得見的，比如，開始往另外一個也叫做『中國』的國家佈線，規劃一座『逃生門』或『反攻基地』。」穿越馬習會時空，在文學討論裡有呼應時局，亦有探索台灣中文系學生與畢業生的身份認同，「思考戰後台灣與『中文』共構的『國語』系統」。在《讀裁讀儕的肚臍》出版兩月後，書評不離書，文學不離語言，他們的行動又再升級。《秘密讀者》從網上平台到《讀裁讀儕的肚臍》文本呈現，仍保存著網上那種新活潑，加之評論對象不分雅俗，沒有學究包袱，花四百頁總結這項網上壯舉，收錄三十一則書評，而後不斷提供新角度，在網上發動一輪又一輪閱讀行動，台灣文學在新思潮踏浪去了。可在這裡斷言：《讀裁讀儕的肚臍》的影響力，已不是《秘密讀者》編委能想像的了。回不了頭，就向前衝吧。

《讀裁讀儕的肚臍》

《秘密讀者》編輯委員：朱宥勳、印卡、李奕樵、杜佳芸、唐小宇、翁智琦、盛浩偉、黃崇凱、翟翱、蔡佩均、蕭鈞毅、謝三進、陳柏青、elek、Godwind；出版：前衛／台北，2015.08

讀後不敢移民台灣

讀《島嶼·浮城》

一場反課綱運動又再挑動台港兩地青年的神經：香港憶起反國教運動裡各中學生與家長在政總的經歷，台灣因林冠華殉道而令高中生組織重新團結再與政府對話。台港從來都這麼近那麼遠，一點一點逐漸逐漸便發現兩座島嶼都被彼岸龐然大物的陰影所籠罩，在網路以億計的水軍嘴砲中，我們都不外是被寵壞的小香港、不那麼小確幸的小台灣而已，間中被政府忽悠就生事，賤人就是矯情，統統都是受外部勢力資助的無知暴徒。在這喧鬧聲中讀到李雨夢寫香港人在台灣的種種故事，尤其以她這世代之眼看穿交織數十年的台灣幻象，與當前局勢並讀，讀來更是沉重。

　　我們確是找不到出路了。香港人也不是第一次半睡半醒的狀態懷著那麼的一個心情籌備移民，八九如是，九七如是，〇三如是，傘後如是。在《島嶼‧浮城》讀過十六個故事——十五個受訪者故事，以及作者組成的一個大故事，就知道台港命運只是倒楣與不那麼倒楣的分別而已。台灣這世代的抗爭運動，突顯執政者在民主化後惰性畢露的專權橫蠻，更突顯反對黨在政治操作裡的共犯角色。不管你躲到台灣還是香港，紅色資本還是四方八面而來的，政策還是靠向高牆大餅的，在位者不外是個掛了社會使命這名堂的生意人罷了。而李雨夢在這語境中尋得非常明亮的寫作方式：以書帶人，以人帶事，最後以事帶書，是個環狀結構、近乎文學實踐的嘗試。每個採訪，都是她要說的故事，同時是閱讀筆記，又同時是歷史回顧，這都能在混沌時局裡帶來更清楚更清脆的新聲。她有寫太陽花學運，在一些場口都有參與；在訪問片段中稍述運動時，竟已有了宏觀角度，實在讀不出她原來也曾在現場。那些台灣大時代的香港小人物，在台灣生活，有部份未必感受政治與自己的關係，李雨夢就在故事中灌注背景、遠因，以及種種一時說不清楚卻又十分重要的概念，總能回到她要談的書。

　　與其說受訪者跑到台灣尋找理想生活，不如形容他們其實是在絕境求生。數年前，台灣旅遊文化雜誌《走台步》開了「香港人在台北」一欄，打開兩地對生活處境的想像；李雨夢寫作路徑沒有生活想像，談得更多的是—如何求生，以及破除幻象。但凡關乎生活的，都無法擺脫政治！

我們都逃不掉的

這就是一個會書寫的公民使命，就是要人不止於覺醒，還得用自己的方式參與，並且付出代價。李雨夢在序文寫她對「今日╳╳，明日╳╳」口號的不滿，讀到她寫十三座牛雜店主在傳媒話語外的真實心聲，讀到摘自不同書籍的引文與訪問相關內容詳析，讀到一些人物在另一雜誌受訪的精闢看法，幾乎可以肯定，《島嶼‧浮城》從取材到寫作思考上的野心，比起許多訪問集都大，尤其近年香港訪談著作之豐碩，獨立記者出書之佳績，傳媒人風格的文筆套路漸現；讀者所見，受訪者予訪問者的刺激以至救贖再清楚也不過了。而李雨夢在寫的字、在走的路，自是沒有資深作者熟練，也太多過於謹慎的行文，如要從文字風格認識，甚至喜愛作者本人，這本書是未達到的。可是，她不就是在寫必須謹慎而嚴肅的書嗎？習慣暢讀雜誌式人訪的讀者，未必讀到作者同時是參與社運的青年─社運文青一般都有個腔，作者似乎沒多花氣力就甩掉那種腔調，在記者與作者之間尋得新的書寫方式。

這是一部不獵奇、不提供生活資訊、看來是移民指南，實則是社運藥引的奇書；在我看來，它是傘運書─並非跟你談理想講感受的「勿忘初衷」，而是殘酷地宣告香港人逃不掉的唯一命運。此話並非批評其餘，想說的只是一個現實：既要求生，要證明自己在社會的價值，人，在哪裡達成理想，不也一樣。

我們都逃不掉的。儘早讀完它，跟台灣說聲再見吧。

iban

念記

悼也斯

　　梁秉鈞文友為他編成《雷聲與蟬鳴》那年，江記、智海仍未足一歲，我剛出生。三個同在香港出生、新界長大的屋邨仔，所謂集體或記憶不過是一群人搬進來了又遷走的容量與經歷。我們在舊教育制度裡所接觸的中國語文教材都是失意中年寫的詩、亡國君主寫的詞，或是五四時代知識分子的抒情與反省，描寫香港的就僅只西西〈店舖〉。當時的我們卻不知香港是甚麼、人生是甚麼，何況文學，何況身份認同，何況在「中國語文」所指的「中國」其實是個怎樣的詞。與我們人生無關的課已夠多了，為甚麼還要我們學習與香港無關的「中文」，並要用「中文」來作文，非要描寫我們的「香港」生活不可？許多香港人討厭「中文」，自有它的原因。

　　在九七前後，我們讀到青文書屋出版的「文化視野叢書」系列；在這系列，我們能讀到也斯作品。好些報章文化版、文化和文學雜誌，讀到當時文化與文學界的一些面貌。我們在主權移交前後的思潮中，香港以不同方式討論焦慮。在九七前後才成年的世代，見證的比參與多。我們一直是大時代的旁觀者，卻因好些文學界前輩鼓勵而開始動筆寫詩，組織詩社。大學生組織「吐露詩社」、「大學詩會」、中學生組織「零點詩社」，也

有不少文學雜誌和報章學生版供我們投稿，詩社之間又因藝術節交流合作，我們這一代香港人有土生土長的，也有幼年自大陸移民來港的，我們在同一教育制度中學習；大家組織讀詩會，交流時總會讀到梁秉鈞的詩。我們有時失去寫詩的信心，都因為梁秉鈞已完成了我們在詩歌創作想達成的；我們有時重拾寫詩的熱情，都因為梁秉鈞為我們發現了可寫的。

「東岸書店」與《雷聲與蟬鳴》

已投身社會的詩人，在參與一次詩作坊後，組織「我們詩社」；社長梁志華與友開辦「東岸書店」，讓我們這一代讀到《雷聲與蟬鳴》。《雷聲與蟬鳴》是智海和我在東岸書店二手書堆中看到的。後來，智海又不知在哪裡找來沒有註明出版年份的《山水人物》，自《梁秉鈞卷》得知此書在《雷聲與蟬鳴》出版後的第三年出版。在我們誕生的年代，原來有這麼多好作品都絕版了（當時牛津仍未以系列形式再版也斯作品），智海和我陸續讀到在書海漂流了一段時間的也斯，都來自香港一些慷慨的藏書者、台灣二手書店或其他。我難以形容一個想寫作的人第一次讀《雷聲與蟬鳴》的激動。我把手上這冊二手書翻得脫了書頁，它提醒我這種絕版書最後的命運：一是把它包裝起來以防再次破損，一是想方法把它復修。在dotcom熱潮末流，我想到第三種方法：出版電子書。於是，我向葉輝說出這個想法，由他聯絡梁秉鈞，看看這種出版形式可行與否。其時，我因智海認

識了江記，與江記一起實踐這計劃。梁秉鈞對我們這一代如何讀《雷聲與蟬鳴》很感興趣，開始在電郵往來時提問和分享，他每次都耐心回應。可是，2002至2003年尚未有電子書平台，又受限於電腦技術、發行成本等問題，未有出版。數年後，我和兩位編輯前輩創辦小出版社，圓文學出版夢。我向葉輝、梁秉鈞、江記和智海提出「復刻出版」的想法，終在2009年實踐。

　　2011年初，小出版社第二次參與台北書展，邀請台灣作家與梁秉鈞對談：鴻鴻、楊佳嫻、楊渡、方文山，也有作家在台下和應（如夏宇）。活動形式其實是很「也斯」的：越界、跨越地域、領域的對話，就是他半生以來一直實踐的事，以致不少「出版物」的奇特點子，成為某場或某次展覽場刊，一頁詩歌，一頁展品，又或是同頁互生，圖文互涉，最妙的是，這些「出版物」由政府資助，用較官腔的說法，就是參展者與作家為整個計劃產生了永續的成效，讓後來者記住那次展覽。我們這一代往往只能讀到文本，但他的「對話」不曾止息，這種方式更啟發和影響不少傳媒和文學雜誌的編輯工作：「甚麼人訪問甚麼人」、「漫畫騎劫文學」，甚至最近香港文學館工作室的交流活動，都強調跨界對話。而在台北書展的交流，台灣作家分享他們閱讀梁秉鈞作品的經驗（鴻鴻、楊佳嫻），談談詩歌與流行曲歌詞的關係（方文山、楊渡），夏宇更在台下手執《雷聲與蟬鳴》念一首詩，說要送給梁秉鈞。其後，夏宇和梁秉鈞在獨立出版社書展攤位聚首，「對話」所得，有待整理。

　　記得幾年前，江記在一次復刻出版會議中，提到詩集

的質感與想像，包括用紙與印製方式。梁秉鈞好奇地問
江記的意念來源，又與我們提及當年編輯和排版的片
段，我們沉醉。自2009年至今，沉醉《雷聲與蟬鳴》復
刻版的台灣讀者有二三百，香港有四五百。三個沉醉在
舊時代的屋邨仔，認識了梁秉鈞的詩與也斯的散文、小
說，見證他「在這些新揚起的聲音保持自己的聲音」，
並在我們的時代告訴我們他所發現的，以及我們認為無
法超前的。梁秉鈞的詩集，在香港化的語境日漸式微或
被入侵的當下，讓我們這群遲熟的香港人重獲文學的香
港身份，始知香港的中文與「中國語文」的分別在哪、
傳承在哪。

　我確信，許多作品與話語，我們這一代不必多說。為
梁秉鈞和也斯已實踐了。我們需要向更多未知「香港有
文學」的人，知道誰曾努力過，並更珍視每位為文學工
作的前輩。

悼張美君

　　2015年2月9日，著名學者張美君離開了我們，文化界、學術界及其學生友好無不錯愕，在臉書上留言，表達心意。張美君原為香港大學比較文學系系主任，研究範疇甚廣，桃李滿門，編有《香港文學@文化研究》、《越界光影：香港電影讀本》、《關錦鵬的光影記憶》、《尋找香港電影的獨立景觀》和《形象香港》，曾在世紀版撰寫雙周專欄「看窗」，除了談文論藝，還不時為公義發聲，作品甚獲好評，其後結集為《寫在窗框的詭話》。

　　張美君身教言教，在專欄為公義發聲，在學院指導學生閱讀世界各地的文學作品，有舊生分享她在課堂上的風采，「我仍記得第一節課你帶領大家讀《大頭春少年週記》，總記得你的溫柔與微笑」，「很懷恓之後上老師surrealism課的日子，感覺每次像是個約會，穿梭交錯的時空」，「上你的課時我們常常興奮得不願下課，你卻總比我們笑得更大聲更興奮」。

　　不少舊生至今未忘老師在課堂上的教導（「總記得你叫我們read slowly, get closer to the text」）和啟發（「在妳的課堂裡，不再是空洞的敘述，冰冷的建築，僵化的歷史；而是鮮活的故事，可觸可感的記憶，

和浪漫的想像」）。學院內外，張美君受學生歡迎；所到之處，都有學生追隨。

2011年4月，她為好友、香港作家洛楓任擔新書發佈會嘉賓，席間就有不少學生，在會後與她暢談，並為學生引介，與作家交流。

2012年，張美君為也斯重編《形象香港》，並邀作家到校分享，同年4月為陳耀成電影《大同》座談會主持，不少觀眾在臉書上分享她的觀點。張美君關心香港文學作家狀況，察覺世紀版專欄作者劉美兒脫稿，在臉書私信關心她。

張美君2014年4月19日發表〈空谷回音〉後，暫停報章專欄寫作，從沒想過，這是永恆的告別。筆耕園地痛失一位好作者，學生們痛失一位好老師，作家友好痛失一位好朋友，香港文壇痛失一位既活躍樂觀又充滿正義感的好作家。〈空谷回音〉這樣寫：「我雖然有若微塵，聽到空谷回音的一刻，彷彿成了歷史奏鳴曲的一個部份，是聽眾，也是一個微弱的音符，在消失的樂韻裡震盪。」

我們並非沉靜　而是無法對應

　　此時此刻此地因異議導致民間隔閡與衝突，意見派系分裂分裂分裂再分裂，次文化所呈現的帽子如左膠大中華膠竟成近兩三年論戰的風尚，有志寫作的人時有無端被捲入大小風波，在濁水而不自知者眾。香港盼望民主來臨的精神意志似被瓦解至全無完膚，老報人羅孚在這陣子離開，我輩在他被幽禁的那個年代只記得小學課本所寫香港「水深港闊」，被「小漁村」課文洗腦，仍未學會「軟禁」、「冤枉」這些詞義。我輩沒有記憶，無法追憶。

　　可是，高中至今常常讀到結集成書的一些文集，他曾介紹過的香港作家，是我讀香港文學的、其中一種入門文字。像我輩高中念的中國歷史與文學史，讀到好些作家因保護自己的政治理念而付出代價，我們背誦他們的經歷，也不禁想：為何我要讀這些不識時務者的經歷？為何他們不轉向、不反抗？變法失敗者為甚麼要寫那麼多文章來抱怨自己曾深信的政權？

　　當時我弄不明白這群文人在怨甚麼，考試制度也沒有要求我們判斷甚麼，歷史竟是權力的代言者，它以客觀中立的外衣權輸一類似是陳述實為洗腦的文字，配之尚儒的中國語文學習，當年的新生代不覺成為抗拒政治的

一代，覺得政治就是個煩惱，不碰它才是正常。香港一
代人政治意識的匱乏一旦碰上政治，即成為「我討厭政
治」、「只想跟他說聲加油」的反智潮流，我輩要理解
羅孚的經歷與文學觀，似仍需要時間。

　　讀羅孚，所慶幸的是，政治與取態並沒有消滅一個人
的美德。在香港這個唯共即非、黨員就是原罪的年代，
我輩讀到羅孚坦白與真誠，在北京的那些年頭與好些可
列入文學史與藝術史的人物結緣，是他為我輩勾沉葉靈
鳳等在香港寫作並寫作香港的作家，重新認識受過藍
色與紅色漂染的香港曾有過甚麼不能忘記的人（今天，
包括他自己），他沒有強調自己的傷痕，在無法易轉的
狀況生活了好些年，愈近晚年，愈是清醒，時有懊悔；
我輩或不理解他坦白承認誤報過甚麼或認同過甚麼的意
義，可人到中年、晚年時要承認數以十年確信的人與
事，否定當年的自己，談何容易。

　　我輩無可念記？在紙上讀羅孚我輩或有無數不解？我
不確定我輩內心有沒有激動；可確定的是，今天談論一
個人物、一部作品、一種意見、一個年代，在香港都容
易被曲解。這氣候釀成我們都被幽禁 —— 幽禁在看似自
由的地方。

跋

聶華苓的蝴蝶效應

愛荷華工作坊在香港

　　這些年，我與朋友參與文學推廣工作，連結各大媒體，為作家朋友尋找路徑，擔負一箱箱書到小書店寄售，又藉大發行商送抵連鎖經營的大店發售，在每天流通百種新書的場所中尋找市場位置。「香港文學」，就是推廣用的揚聲器，告訴大眾讀者：香港仍有文學。

　　在香港書籍銷售市場探測水溫期間，發現一項可作為分析根據的結果：銷量最壞的書籍，竟佔發行量13%。香港較為人知的論調是文學毒藥論，卻竟有13%讀者願意付鈔販毒。香港有近百間連鎖書店，假設發行六百冊，每間書店平均置六冊；銷13%即八十冊，每間書店大約有一個讀者。書籍放置在最佳位置時間約一周，可推想書店讀者每星期有至少一人關心香港文學單行本作品；每次有香港文學出版，在一百人當中，有十三人買書，其實是可喜的現象？香港文學讀者以13%銷量要付版稅的話，作者也許只分得一千幾百，可是香港文學作品是我輩少年時代的讀物，值得我輩以參與出版工作去支持的作品。在香港，印刷成本高，一般出版物需101%即再刷才歸本，雖說這13%的數據畢竟是條「不

歸路」，正因少年時代所接觸的香港文學早就提醒它的「不歸」，更需要人踏上去；路愈難走，才有走下去的意義。由此，下文將不會再彈「香港文學出版難」的老調子，以昔日13%中的我輩為例，看看香港文學讀者如何在「工作坊」的背景下生成。

《打開》、《Magpaper》與《號外》

我輩就是當年大眾讀者群中較特殊的13%：少年莽撞、崇拜本土作家、參與「工作坊」、逛（已結業的）文藝書店等行徑，在文學書架旁佯裝文青，誓要在同學朋友之間做最特別的、最知書的男生，並常常找些派發文化讀物的角落找梁文道辦的《打開》，還去報攤找點特別的雜誌如《Magpaper》與《號外》，愈讀不明白，拿在手裡愈像文青。在眾多文青活動中，影響我與朋友投身文化事業，與「工作坊」不無關係。所謂「工作坊」，其實是個文青集結的混沌狀態。這些文青會自願被安排關在一個空間裡，上半節由主持人介紹作品，並作導讀；下半節由文青交換自己的作品，或交給主持人評講，採取有如大學導修課的模式。部份人士會在工作坊找到真愛，先以文字接觸，繼而交換身體。撇開這種親密關係不談，我輩熱情還是會放在文藝探求方面，一同在工作坊讀村上春樹、卡爾維諾、博爾赫斯、辛波絲卡、卡夫卡等，又讀本土作家如劉以鬯、也斯、西西、董啟章等作品，同時接觸台灣文學，凡此種種，一般只能在大學進修時偶爾碰到的作品，都在工作坊裡讀到。

哪管你目的是求偶還是求藝

要做13%未必有曲高和寡的脾氣，不過因工作坊而培養的評鑑力，肯定對文藝已有了些看法，一般也會有「愛護本土作品」的意識（現在抬頭看看我書架上的書，有多少冊可以作二手書賣出，筆者懷疑也許只有那13%的人願意付錢捧走）。主持工作坊的人，一般都是本土經驗作家。他們會帶領一個維時兩小時左右的類讀書會，簡明扼要地提供分析作品的方法，把那些每字都懂、通篇讀就不懂的作品，連結社會議題與人性探討，為作品賦予可觀的角度。例如讀村上春樹會討論日本怪象（極端宗教）、讀卡爾維諾會討論他的第二故鄉（都靈）、讀卡夫卡會討論他的工作（銀行保險從業員）；讀西西《浮城誌異》會討論比利時畫家馬格烈特作品與作家文本的共生關係，讀也斯《抽獎》會討論七八〇年代的消費文化與價值觀差異，讀劉以鬯《動亂》會討論香港六七暴動與社會構成……這種討論形式注定是貴精不貴多；有能力與興趣參與其中的人，首先就要愛好文學。這方面的人口有多少？13%還是個樂觀數據。

筆者曾參加兩三個工作坊，有個是香港公共圖書館主辦的，有個是中華文化促進中心辦的，前者官辦，後者民辦，形式大同小異，幸運者會遇到跟你性情差不多的人，倒楣者來了兩三節課就自動消失，求偶者自有偶遇，寫兩三首情詩，在工作坊裡朗讀一遍，理解隱喻的聽者自有決定，一般文青單純，就不理解求偶語境，直往字裡猜想哲理；求藝者自有見識，勤寫有功，凡有好

作品，主持人都樂意給他們意見，看看怎樣寫得更好。於是，文青在工作坊各得其所並迅即成長。筆者當然見證過好些工作坊情侶在短短數周、隔周一次見面這狀態中的離離合合，文青如何化浪漫或悲憤誕生佳作，工作坊裡確又不乏驚喜之作。而工作坊其實有種暗示：大家都可在裡面以文字自由發揮，哪管你目的是求偶還是求藝，總之大家的溝通，一定建基於文藝討論的範圍內。這種相對平等、短時間內產生大量議題的討論過程，對於當代人閱讀當代作品，有互相提示與補足的作用，亦有啟發創見的可能。

　　以上所述的工作坊模式，我輩已經歷了十數載。從參與工作坊到主持工作坊，均沿用這種模式，讓參與者都能發表自己對作家作品的看法，以及發表自己的作品。在互聯網尚未流行的簡樸年代，這種迅速回應作者的討論，無疑是構成香港文學進步的最大原因。至於這種模式的來源，許多年後，方知來自一段異國戀情：1942年，保羅・安格爾（Paul Engle）主持愛荷華大學作家創作工作坊。1963年，大陸女作家聶華苓與保羅在台北「一見鍾情」，其間，聶華苓建議保羅開辦國際作家工作坊（下稱「愛荷華工作坊」），邀請世界各地（華語區包括大陸、香港、台灣）作家同往愛荷華交流。

　　1967年，香港作家戴天越洋到地球另一端，參與愛荷華工作坊，同行有台灣作家瘂弦，是首批出席愛荷華工作坊的華人。今天，每年都有至少一位華人作家，能直接參與愛荷華工作坊；昔日得聶華苓為華人開拓國際交

流機會，並有探月一樣的戴天願意引進香港，對於仍在英治時期的香港，尤其是當中文仍未成為法定語文的年代，這舉動是有膽量的視野。今天，香港作家當中，西西、董啟章、潘國靈、韓麗珠等人，都曾參與國際作家工作坊，他們亦已成為廣為人知的香港作家，作品陸續在華語世界面世。

中文運動之後

半世紀以來，香港的語言都有尷尬的活力在：一方面英治時代的香港中文，要到七〇年代才正式成為法定語言，本土文學推廣未由政府主動推廣，而中文在社會的語言地位仍未及英文，另一方面香港文學論述整理工作雖然一直有人參與，卻因收集、研究與出版機會受限於教育體制與資助，現當代文學研究在香港亦未受重視；近十年方有學院與學者獲捐助及撥款整理。彼時六七〇年代，因應政治局面而由民間自發組織的文社異常興盛，據悉約有二百個，紙媒有雜誌如天天日報、華僑日報、星島晚報等均置文藝版，當時的文學風氣可想而知。保羅與聶華苓在這年代結緣，並有工作坊包納華裔作者的構想，對華文世界──尤其香港與台灣的視野開拓，影響尤深。其後，台灣作家如王文興、香港作家如戴天，都在愛荷華大學留學，前者小說創作具語言與視界的前膽，後者詩歌與散文創作影響台灣及香港今天的中堅作家。

根據香港作家也斯與關夢南口述，香港工作坊模式的

緣起，的確來自愛荷華工作坊。梁秉鈞於年初應邀出席台灣書展，他分享自己在嶺南大學所辦的一些文藝創作課程時，提到當年戴天舉辦的工作坊。他形容戴天為香港帶來推動文藝創作的新模式。採訪香港作家關夢南憶述戴天自愛荷華回港後，主持好些工作坊，有點像小型讀書會，主持人不講解甚麼文學技巧，反而著大家多分享所讀。在戴天詩集《骨的呻吟》序言中，關夢南這樣形容：「嘗試以平行互動的方法，研習詩歌，開創了香港民間詩歌講學的先河……我當時是一社會失學青年，有志寫作，求學無門……」關夢南當年未必猜想到，詩作坊為他帶來了更長遠的文藝教學路，並為教育局官員有文學教育方面的深度交流。工作坊這種平等交流方式，在文社興盛的背景下，未知是否罕見，不過在香港這個價值觀因消費主義而隨時改變的社會裡，竟有種模式當真五十年不變；受影響的昔日文青，今天正在發展不同層面的文藝事業，無疑是香港較特殊的景觀，傳承了平行互動的作風。

愛荷華工作坊對香港來說，更有它的特殊意義在。1994年，香港公共圖書館正式引進這種方式，開辦「青年創作坊」，以新詩、散文、小說等文類分，邀請本土作家主持，每種文類寫作的報名人次限數十名，是政府首次帶動文學創作風氣的舉動。這種參與方式，正與聶華苓的構想相近。從六〇年代末戴天所辦的工作坊，到七〇年代初中文正式成為法定語言（主要由香港大學學生會推動此運動），時至九〇年代，愛荷華工作坊模式獲官方認許，自民間挪用到文化推廣上，短短二

十載，中文地位有史無前例的遞升。

「青年創作坊」隔周於不同地區的圖書館舉辦，維時數月，參與者每年最多有逾百人，他們認識工作坊的主持後，會閱讀主持及他們介紹的作品，事後更有自發組織詩社，甚至自行出版雜誌。近年，關夢南與館方合作無間，許多「青年創作坊」都由他協力安排。對文學有熱情的人，會交換近作，討論寫作的事：「大家相聚的時間多了，許多理想都相近」，或可解釋為甚麼香港這小地方，有這麼多文學組織組成。1997年，一群中學生在關夢南主持「工作坊」後，自發組織詩社（零點詩社），一起出詩集，成為書的作者，也成為13%讀者願意閱讀的對象。其中黃茂林：文學獎常客，現從事書店及出版工作；麥榮浩：廣州「八十年代」劇團創辦者，從事各類戲劇表演；謝雪浩，留學台灣大學，為中文系博士候選人。

假如準文青是負責任的投稿者

有工作坊經驗的香港作家，在學術上漸漸受人重視；他們向教育界分享教材、教學方法與成果，為教師提供實例。教育改革為本土作家帶來不同形式的機遇，以往課程指定的本土作家作品只有一兩篇如西西〈店舖〉，今天已引入許多值得學生鑽研的作品。筆者曾在教科書出版社工作數年，讀到各出版社所選的文章，發現有不少作品正是作家工作坊的教材，意味學生可從課本讀到本土作家作品，課程亦已滲透作家工作坊的經驗，也成

為他們可以維生的門徑。如可洛、王貽興等，是近年活躍於學界的，也有早前董啟章所辦的「果占包」課程，以靈活的教學方式，直接帶入學校。

至於在閱讀人口寡少的背景下，香港作家大都是業餘寫作，間中為各機構舉辦工作坊、文學獎評審，甚至應邀參與課程改革，例如有資深文學雜誌編輯關夢南，有學院背景的王良和、樊善標、胡燕青等，為中文課程培訓老師，分享舉辦文藝工作坊的經驗，讓教師可將作家心得引入正規課程。

當年，筆者沒有遇上教育改革，課程也未有包括香港作家作品，難以在學校認出本土作家。有志寫作的準文青，都會留意各類文學獎的資訊。在文學獎徵稿前，機構會為準文青而設的一些作家工作坊，例如「青年文學獎協會」（1972年創立），邀請評審作家到大學出席講座與工作坊，讓文青有掌握該方面寫作的能力，由評審作家親督，準文青自可親眼看到哪幾個香港作家真貌。無論文青得獎與否，工作坊所帶來的影響，就算對自己的文創有沒有進益，也會因此得知香港原來有作家。

坊間有個説法：假如準文青是負責任的投稿者，也應在投稿前，翻翻雜誌與報章編輯的作品，認知那些既是編輯又是香港作家的人物的眼界與口味。這幾乎是成為文青的必經之路。有些準文青會先從文學獎評審名單，看看誰是作品的未來真兇；欲知評審所好，得須找找他的書吧。這是較懂得為文獎謀算的文青思維。於是，文青通常都會比尋常讀者多知道幾個香港作家。筆者沒有

免俗，都從不斷投稿並且失敗的過程中，認識了許多香港作家的名字與作品，並會去書店找找他們的書。

香港出版界對本土文學出版的印象素有「市場毒藥」之稱，數年前，天地圖書總編輯顏純鈎先生為作家作品向政府申請資助，該系列的出版總序正好提到這一點。現實是，作品優秀，銷量卻往往與素質成反比。筆者主持「文化工房」期間，亦遇上同樣課題：根據發行商的統計，這類文學作品流通市面的，往往只有發行量50%，其餘書量要待書市反應而定，因此文學書籍的發行工序一般都要分為兩次。有書可通過第二次發行，則代表它已受更廣泛的讀者接納，並一定高於13%。

今天，主持工作坊的香港作家，不會藉工作坊來推廣自己的作品，作風低調者甚至否認曾出版過作品，在這種奇特的狀況中，讀者社群都是自然形成的。這種親身接觸的方式，還須參與者本身具有創作動力，要創建這個讀者社群，條件不少。假如經由作家導讀後，成為高素質的讀者，甚或真可通往作家之路。

「零點詩社」及其他

至於準文青有多少人，文青夢終於醒來的又有多少人，只能説句：圓夢的一定比做夢的少。其中一位在香港為人熟悉的圓夢者——陸穎魚，她第一本詩集《淡水月亮》已斷版了，每場作家講座，她都會提起自己參加青年創作坊接受葉輝與關夢南指導的經歷：這些資深的作家，在這些工作坊會如何分享，都因人而異，大家

都沒有一套標準教材。不過,也有一些教材常用的如梁秉鈞〈帶一枚苦瓜旅行〉與〈抽獎〉、西西〈可不可以說〉、夏宇〈甜蜜的復仇〉、辛波絲卡〈履歷表〉、顧城〈一代人〉、海子〈面朝大海,春暖花開〉等等,香港作家各家各說,尋找文學潮流中的異聲。

當年有許多詩社因工作坊而成立起來:剛才提到關夢南主持的青年創作坊,學員成立了「零點詩社」;王良和主持的詩作坊,學員成立了「我們詩社」;胡燕青在香港浸會大學執教,學生成立了「大學詩會」;陳智德在香港藝術中心開辦的詩作坊,學員組織了「詩作坊同學會」;樊善標在香港中文大學執教,也有為學生開辦工作坊,杜家祁小姐在香港中文大學任教時,也有一群追隨者,學生因此參與校內成立已久的「吐露詩社」,讓詩社重新活躍起來。這些組織自發組成讀書會,出版雜誌,又結集出版文集與詩集,成為今天具影響力的新生代作者群。

工作坊無疑是激活了新生代的文藝熱情,從最引人入勝的詩歌創作啟始。因圈子信息流動僅自詩社與學院之間,這股動力只能算是建立了一群對香港作家有基本認知,並因工作坊而獲得分析作品的方法的讀者。假如把他們的名單組合起來,最少可組成香港書市的13%,其中也定有因為工作繁忙、志趣改變而失卻創作熱情的,不過他們無疑已成為了香港作家的固定讀者群。也許,這個數字多少能反映今天好些本土作家的銷量。然而,香港作家一直面對殘酷而又是現實的出版及銷售的弱勢,在書籍商品市場中,文思精巧而深刻的佳作,難以

一下子獲得廣泛認同。香港文學作品通常與大陸或台灣火紅的文學作品的差別，在於它未必具備可資廣泛議論的話題。由此，它們須要經驗讀者的分析，才有廣泛流傳的基礎。香港出版與發行，在時效方面甚難配合，往往出現一種狀況：香港文學作品終於成名了，書店卻供不應求，甚至因為已經斷版，出版社已經倒閉，以致無書可賣……

聶華苓也許不知道，自己在台北與保羅的因緣際會，竟為往後半世紀的香港產生如此巨大的影響。往後，香港文學讀者可能只有13%，仍未見有養活文學作家的銷量，正因13%的熱誠與動力，才有堅持的理由。只要愛荷華工作坊模式繼續推而廣之，香港讀者自有好書讀。

師承香港作家，得益於工作坊，謹以此文向聶華苓致意。

／發表時序（部份）：07.2009訪問盧勁馳：越看不見，越看得清／02.2010遲來的抗爭：旁聽上海街關注小組發佈會／03.2010訪問王盛弘、張子午、巫維珍：台灣文青去旅行／05.2010訪問羅展鳳：一個人去波蘭／05.2010訪問趙崇基：導演旅人／08.2010小販在抗爭：訪問天水圍小販／10.2010訪問黃怡：在中學出書之後／02.2011鴻鴻、夏宇、楊佳嫻、也斯：台港兩地跨世代詩聚／02.2011夏宇説甚麼：偉大巧克力（部份）／11.2011訪問趙佳誼：台灣文學獎不敗又如何／11.2011訪問樊婉貞：文化雜誌如何殺入便利店／12.2011訪問蔡敬文：在劏房拍電影／02.2012走訪台北國際書展（2010至2016）：南方家園與黑眼睛文化、「下北沢世代」與一人、逗點文創結社／02.2012走訪台北國際書展（2010至2016）：參展，是為了進駐誠品／03.2012以林書豪之名／03.2012訪問黎妙雪：審批機構如何看作品／05.2012訪問陳慧：誰搬走了我的香港／08.2012訪問麥曦茵：導演如何看審查／08.2012訪問黃碧雲：灣仔烈佬／09.2012利物浦雙年展2012：訪問白雙全：香港藝術家被缺席風波／09.2012利物浦雙年展2012：訪問周俊輝：文化界功能組別不代表文化界？／11.2012利物浦雙年展2012：訪問香港藝術家：梁美萍、周俊輝、葉子僑和CoLab／01.2013台北書展的兩岸現象／08.2013旺角無影腳：訪問攝影記者鄧宗弘／03.2013夏宇説甚麼：偉大巧克力（部份）／08.04.2013碼頭工人在抗爭：訪問攝影記者張景寧／06.2013（外一章）電影裡的父親／07.2013訪問黃修平與《狂舞派》演員：本土電影的不合作運動／08.2013訪問棒蛙：考Art「揸兜」的漫畫家／03.2015台北書展竟變嘉年華？／05.2015山歌抗爭：訪問劉福嬌02.2016香港館在書展派雞蛋仔？／以上文章曾刊於《明報》副刊星期日生活、世紀版及名人書櫃版，餘篇均見《信報》、《號外》、端傳媒「風物」及作者臉書／

故事香港系列

短暫時間有陽光

作者　　　袁兆昌

封面攝影　Mansonphotos
新聞照片　Mansonphotos (p.12, 42, 48, 76, 230, 240, 264, 292, 316)

出版　　　文化工房
　　　　　香港九龍青山道 505 號通源工業大廈 6 樓 C1 室
　　　　　電郵　clickpress@speedfax.net
　　　　　電話　5409 0460　傳真　3019 6230

香港發行　香港聯合書刊物流有限公司
　　　　　香港新界大埔汀麗路 36 號中華商務印刷大廈三字樓
　　　　　電話　2150 2100　傳真　2407 3062

台灣發行　遠景出版事業有限公司
　　　　　220 台北縣板橋市松柏街 65 號 5 樓
　　　　　電話　02 2254 2899

印刷　　　約書亞創藝有限公司

出版日期　2016 年 7 月　初版

國號書號　978-988-14399-8-7

上架建議　香港文化：訪談、電影、社運、文學、書展